Knaur

Von Val McDermid sind außerdem erschienen:

Die Erfinder des Todes
Ein Ort für die Ewigkeit
Das Lied der Sirenen
Schlussblende

Über die Autorin:

Val McDermid wuchs in Schottland auf und lebt heute in Manchester. Sie gehört international zu den profiliertesten Autorinnen von Spannungsromanen. Längst ist ihr Name auch in Deutschland ein Begriff für Spannung mit dem gewissen Etwas. Seit sie mit *Das Lied der Sirenen* 1995 den Gold Dagger Award gewann, widmet sich die ehemalige Literaturdozentin und Journalistin nur noch dem psychologischen Nervenkitzel. Zuletzt stürmte *Die Erfinder des Todes* die Bestsellerlisten.

Val McDermid

Abgekupfert

Crime Stories

Aus dem Englischen von
Doris Styron

Knaur

Besuchen Sie uns im Internet:
www.knaur.de

Umschlaggestaltung: ZERO Werbeagentur, München
Umschlagabbildung: Rob Talb
Satz: Ventura Publisher im Verlag
Druck und Bindung: Clausen & Bosse, Leck
Printed in Germany
ISBN 3-426-62092-8

2 4 5 3 1

Inhalt

Wen es trifft …

Die Frau ging gemächlich durch den Supermarkt und suchte sich hier und da etwas für ihren Wagen aus. Als sie zu dem Regal mit Saucen, eingelegten Gurken und Gemüse kam, spannten sich die Muskeln an ihrem Kinn. Sie sah sich um und bemühte sich, ganz lässig auszusehen. Schnell nahm sie ein Glas mit eingelegten Tomaten aus ihrer großen Ledertasche und stellte es auf das Regal. Dann ging sie weiter zur Tiefkühltruhe mit dem Fleisch.

Ein paar Minuten später kam sie wieder an demselben Regal vorbei und blieb stehen. Sie wiederholte die Aktion, stellte aber diesmal zwei Gläser auf das Regal. Als sie zur Kasse ging, spürte sie, wie die Anspannung nachließ, und fühlte sich erleichtert und beschwingt.

Sie stand in der Schlange, eine Unbekannte zwischen den anderen Kunden, die heute früh einkauften, eine gepflegte Frau wie viele andere in einem gut geschnittenen Wintermantel, mit einem leichten Lächeln auf den Lippen und einem merkwürdig abwesenden Blick in den hellblauen Augen.

Sarah Graham lag auf dem Sofa und las die Stellenangebote in den Burnalder *Evening News*, als sie den Wagen vorfahren hörte. Sie seufzte, ließ die Zeitung sinken und ging in die Küche. Bis sie den Korken aus der Flasche Holunderblütenwein gezogen und zwei Gläser eingeschenkt hatte, war die Haustür bereits auf- und wieder zugegangen. Sarah stand auf und wandte sich, beide Gläser haltend, der Küchentür zu.

Detective Sergeant Maggie Staniforth kam in die Küche, nahm das ihr angebotene Glas und gab Sarah einen flüchtigen Kuss. Sie ging ins Wohnzimmer, ließ sich in einen Sessel fallen und rief ihr über die Schulter zu: »Und wie war dein Tag heute?«

Sarah folgte ihr und zuckte mit den Schultern. »Wieder ein beschissener Tag im Paradies. Frag mich lieber nicht nach der Liste meiner langweiligen Unternehmungen.«

»Du langweilst mich nie. Und außerdem tut es mir gut, daran erinnert zu werden, dass es im Leben noch etwas anderes als Verbrechen gibt.«

»Ich bin um neun Uhr aufgestanden, bis dahin hast du wahrscheinlich bereits ein halbes Dutzend Schurken festgenommen. Dann hab ich die Stellenanzeigen im *Guardian* durchgeblättert und bin zur Bücherei gegangen, um in die anderen Zeitungen zu sehen. Nach dem Mittagessen habe ich das Schlafzimmer geputzt, ein bisschen gebügelt und die Esszimmermöbel auf Hochglanz gebracht. Dann schnell zum Kiosk und die Abendzeitung geholt. Jede Minute ein prickelndes Vergnügen. Und du? Hast du das Verbrechen des Jahrhunderts aufgeklärt?«

Etwas gequält sagte Maggie: »So was Aufregendes nicht. 'n paar Einbrüche, Papierkram zu dem Vergewaltigungsfall im Blues Club. Nächste Woche ist Gerichtstermin.«

»Wenigstens wirst du dafür bezahlt.«

»Es wird sich bestimmt bald was finden, Schatz.«

»Und in der Zwischenzeit lasse ich mich von dir aushalten.«

Maggie sagte nichts. Es gab dazu nichts zu sagen. Die beiden waren zusammen, seit sie sich als Studentinnen vor elf Jahren heftig ineinander verliebt hatten. Alles war in Ordnung gewesen, solange beide mit dem Erklimmen ihrer Karriereleiter beschäftigt waren. Aber Sarahs Karriere als Personalleiterin hatte ein jähes Ende gefunden, als die Firma, für die sie tätig war, vor neun Monaten Pleite gemacht hatte. Diese Krise hatte ihrer Beziehung eine Wunde beigebracht, die sich nun schnell weiterfraß. Maggie hatte jetzt oft Angst, etwas zu sagen, weil sie keine weitere bittere Auseinandersetzung heraufbeschwören wollte. Schweigend trank sie ihren Wein.

»Also keine Neuigkeiten, die mich amüsieren könnten?«, wollte Sarah wissen. »Keine netten kleinen Tratsch-Geschichten aus der Unterwelt?«

»Eine könnte dich vielleicht interessieren«, sagte Maggie vorsichtig. »Hast du in den Nachrichten gestern abend die Meldung über eine Frau bemerkt, die wegen Verdacht auf Lebensmittelvergiftung ins Krankenhaus kam?«

»Hab ich gesehen. Und alles in der Zeitung darüber gelesen. Hab damit eine Stunde totgeschlagen.«

»Tja, sie ist gestorben. Die Nachricht kam gerade rein,

als ich wegging. Und offenbar hat's auch noch zwei Familien erwischt. Das Merkwürdige daran ist, dass man anscheinend nicht von einer gemeinsamen Ursache ausgehen kann. Jim Bryant von der Unfallstation hat's mir erzählt.«

Sarah verzog das Gesicht. »Bist du sicher, dass dir meine Spaghetti Carbonara heute abend bekommen werden?«

Maggies Lächeln wurde vom Läuten des Telefons unterbrochen. Sie ging rasch hinüber und nahm beim dritten Klingeln ab. »DS Staniforth am Apparat ... Hi, Bill.« Sie hörte gespannt zu. »Oh Gott!«, rief sie aus. »Ich bin in zehn Minuten dort. In Ordnung?« Sie stand da und hielt den Hörer in der Hand. »Sarah, die Frau, über die wir gerade gesprochen haben. Es war keine Lebensmittelvergiftung. Es war eine hohe Dosis Arsen, und zwei der anderen Fälle mit der sogenannten Lebensmittelvergiftung sind auch gestorben. Bei ihnen vermuten sie ebenfalls Arsen. Ich muss los, um Bill in der Klinik zu treffen.«

»Dann machst du dich wohl besser auf die Socken. Soll ich dir was zu essen aufheben?«

»Hat keinen Zweck. Und warte nicht auf mich, es wird bestimmt spät.« Maggie ging zu Sarah hinüber und umarmte sie kurz. Dann eilte sie aus dem Zimmer, und schon Sekunden später fiel die Haustür ins Schloss.

Die Neonleuchten ließen die Küche hell, aber kalt wirken. Die Frau machte einen der Einbauschränke auf

und holte ein Glas mit einem grauweißen Pulver ganz hinten aus dem Fach.
Sie nahm ein Filetiermesser mit sehr scharfer Klinge und schob sie vorsichtig unter die Lasche eines Puddingpulverpäckchens aus Pappe. Mit fünf weiteren Päckchen verfuhr sie genauso. Anschließend öffnete sie vorsichtig die Papiertütchen in jedem Päckchen und vermischte den Inhalt mit einem Esslöffel des Pulvers aus dem Glas.
Die grauen Strähnen in ihrem kastanienbraunen Haar glänzten im Licht. Sie faltete die Papiertütchen peinlich genau wieder zusammen und klebte die äußeren Pappschachteln mit einem Tropfen Klebstoff zu. Dann legte sie alle in eine Einkaufstasche und trug sie auf die Veranda hinter dem Haus.
Das Glas stellte sie wieder in den Schrank und ging ins Wohnzimmer, wo der Fernseher laut plärrte. Ihr Gesichtsausdruck war seltsam triumphierend.

Es war schon nach drei Uhr, als Maggie Staniforth die Haustür hinter sich schloss. Sie hängte ihren Schaffellmantel an die Garderobe und bemerkte im Flurspiegel die Falten um ihre Augen, die von der Überarbeitung kamen. Sarah stand plötzlich in der Küchentür. »Ich weiß, du bist wahrscheinlich zu müde, um Hunger zu haben, aber ich habe Suppe gemacht, wenn du was möchtest«, sagte sie.
»Du hättest nicht aufbleiben sollen. Es ist schon spät.«
»Ich hab ja nichts anderes zu tun. Und außerdem hab ich jede Menge Zeit, um den Schlaf nachzuholen.«

Ach du lieber Gott, bitte nicht jetzt, dachte Maggie. Als ob die Arbeit nicht schon stressig genug war, ohne dass Sarah beim Heimkommen Zoff machte.
Aber sie hatte sich geirrt. Sarah lächelte und sagte: »Also, möchtest du was essen?«
»Kommt drauf an.«
»Worauf?«
»Ob Higham's Continental Tomato Pickles drin sind.«
Sarah sah verwirrt aus. Maggie fuhr fort: »Drei Leute scheinen an Arsen gestorben zu sein, das in Higham's Continental Tomato Pickles enthalten war und in einem Fastfare Supermarkt gekauft wurde.«
»Du machst wohl Witze!«
»Ich wollte, es wäre so.« Maggie ging in die Küche. Sie goss sich ein Glas Orangensaft ein, und Sarah stellte ihr einen dampfenden Teller Linsensuppe mit ein paar Butterbroten hin. Maggie setzte sich, griff zu und erstattete ihrer Freundin beim Essen einen Bericht, der hin und wieder durch Kauen unterbrochen wurde.
»Opfer Nummer eins: May Scott, siebenundfünfzig, Witwe, wohnte in der Warburton Road. Nummer zwei und drei: Gary Andrews, fünfzehn, und sein Bruder Kevin, dreizehn, aus der Priory-Farm-Siedlung. Der Zustand ihres Vaters ist ernst, ebenso der von zwei weiteren Personen, Thomas und Louise Foster aus Bryony Grange. Zwischen ihnen gibt es keinen Zusammenhang, außer eben, dass sie alle eingelegte Tomaten aus Gläsern aßen, die sie am selben Tag bei Fastfare gekauft hatten.
Es könnte jemand sein, der auf Erpressung aus ist, weißt

du. So nach dem Motto, gib mir eine Million Pfund, sonst tu ich's wieder. Es könnte auch jemand sein, der 'ne Wut auf Fastfare hat. Oder auf Higham's. Du kannst Gift drauf nehmen, dass sie uns bei diesem Fall zur Sau machen. Wir sind jetzt schon unter Beschuss.«

Maggie aß zu Ende. Sie ließ den Kopf in die Hände sinken. »Was für ein Scheißjob.«

»Besser als gar kein Job.«

»Meinst du?«

»Das solltest du mich lieber nicht fragen.«

»Komm mit ins Bett, Sarah. Damit ich für ein paar Stunden dieses Schlachtfeld vergessen kann, hm?«

Musik im Hintergrund lullte die Kunden in Pinkerton's Hypermarket ein und versetzte sie unterschwellig in Kauflaune. Die Frau, die ihren Wagen vor sich her schob, war unempfänglich für die einschmeichelnden Töne und Einflüsterungen. Als sie das Regal mit den Fertigmischungen für Nachspeisen erreichte, blieb sie stehen und sah sich um, ob die Luft rein war.

Rasch legte sie drei Päckchen Pudding zu den anderen Packungen im Regal und entfernte sich. Einige Minuten später kam sie zurück und sah sich mehrere Backmischungen für Kuchen an, während sie wartete, bis der Gang leer war. Dann vollendete sie ihre Mission und erledigte seelenruhig ihre Einkäufe.

An der Kasse plauderte sie munter mit dem gelangweilten Teenager, der mechanisch ihre Einkäufe eintippte. Leise das Lied aus den Lautsprechern mitsummend, verließ sie das Geschäft.

Drei Tage später platzte Maggie Staniforth mitten am Nachmittag ins Wohnzimmer, wo Sarah gerade eine Bewerbung tippte.

»Alarmstufe fünf, Schatz«, verkündete sie. »Ich bin nur kurz nach Hause gekommen, um ein Bad zu nehmen und mich umzuziehen. Könnte ich vielleicht ein Sandwich haben?«

»Ich hab mich schon gefragt, ob du noch hier wohnst«, murmelte Sarah finster. »Wenn du eine Affäre hättest, wüsste ich wenigstens, was ich dagegen unternehmen kann.«

»Nicht jetzt, Liebste, bitte.«

»Willst du was Warmes? Suppe? Omelette?«

»Suppe, bitte. Und ein überbackenes Käsesandwich?«

»Kommt sofort. Was für ein Notfall ist es diesmal?«

Maggies Augen wurden trübe. »Unser verrückter Mörder hat wieder zugeschlagen. Acht Menschen liegen in kritischem Zustand im Krankenhaus. Diesmal war es Arsen in Garrat's Pudding aus Pinkerton's Hypermarket. Bill fordert im Fernsehen gerade die Leute zur Rückgabe aller Päckchen auf, die sie im Lauf dieser Woche gekauft haben.«

»Anderer Hersteller, anderer Supermarkt. Hört sich eher an wie ein Verrückter statt wie jemand, der sich rächen will, oder?«

»Und deshalb lässt sich der nächste Schlag unmöglich voraussagen. Ich nehme jetzt jedenfalls ein Bad. In fünfzehn Minuten bin ich wieder unten.« Maggie blieb an der Küchentür stehen. »Ich meine es ernst, Sarah. Kauf nichts im Supermarkt. Metzger, Gemüseläden,

das ist okay. Aber keine Selbstbedienung und keine abgepackten Lebensmittel. Bitte.«
Sarah nickte. Sie hatte bei Maggie in den acht Jahren, die sie bei der Polizei war, noch nie erlebt, dass sie Angst hatte, und dies mit ansehen zu müssen, war nicht dazu angetan, Sarahs Stimmung zu heben.

Diesmal waren es Gläser mit Mincemeat, der klassischen Füllung für Weihnachtsgebäck. Selbst die Kapelle der Heilsarmee, die vor den Nationwide Stores Weihnachtslieder spielte, konnte die Frau nicht dazu bringen, von ihrer Mission abzulassen. Als sie den Supermarkt betrat, hatte sie sechs Gläser in ihrer Einkaufstüte, deren Inhalt mit todbringendem weißen Pulver vermischt war.
Als sie wieder hinausging, war keines davon mehr übrig. Sie steckte 50 Pence in die Sammelbüchse, als sie an der Kapelle vorbeikam, weil gerade »In the Bleak Midwinter«, ihr Lieblingsweihnachtslied, gespielt wurde. Ohne innezuhalten, um die weihnachtlichen Auslagen zu betrachten, ging sie langsam zum Parkplatz zurück. Sie sah keiner frohen Weihnacht entgegen.

Sarah kehrte mit der Abendzeitung vom Kiosk zurück und las im Gehen die Titelseite. Der Burnalder Giftmischer machte inzwischen überall Schlagzeilen, aber aus den Artikeln der Lokalzeitung schien eine besonders nervöse Angst zu sprechen. Die Berichte waren gründlich recherchiert und spürten zwischen den drei großen

Lebensmittelgiganten, bei denen vergiftete Waren aufgetaucht waren, alle möglichen geschäftlichen Verbindungen auf. Man spekulierte auch über die Gründe der einwöchigen Pausen zwischen den Anschlägen und machte bis in die Einzelheiten hinein die drastische Wirkung der Giftanschläge auf die finanzielle Situation der Betriebe deutlich, die Lebensmittel verarbeiteten. Und die Artikel wiesen auf die Paradoxie hin, dass die Menschen zwar hysterisch auf die Vergiftungen reagierten, sich aber trotzdem in Erwartung der Feiertage ihre Einkaufswagen voll luden.

Der neueste todbringende Stoff war Univex Mincemeat. Sarah schauderte, als sie von den drei jüngsten Todesfällen las, die die Gesamtzahl auf zwölf erhöhten. Als sie um die Ecke bog, sah sie Maggies Wagen in der Einfahrt stehen und beschleunigte ihre Schritte. Beim Lesen des langen Berichts hatte sich ein schrecklicher Gedanke in ihrem Kopf festgesetzt.

Als sie ihre Jacke aufhängte, rief Maggie ihr schon aus der Küche etwas zu. Sie ging langsam hinein, wo Maggie genüsslich einen Teller mit Speck und Eiern, aber ohne den sonst üblichen großen Klecks Ketchup verspeiste. Sie hatte dunkle Ringe unter den Augen, und ihre Gesichtshaut war grau und schlaff. Die letzten zwei Nächte hatte sie nicht zu Hause geschlafen. Nie zuvor hatte die Arbeit sie so beansprucht. Sarah dachte kurz darüber nach, ob die gespannte Stimmung zwischen ihnen vielleicht auch ihren Teil dazu beigetragen hatte, dass Maggie sich mit solch verbissenem Engagement an dieser mühseligen Ermittlung beteiligte.

»Wie läuft es?«, fragte sie besorgt.
»Überhaupt nicht«, sagte Maggie. »Wir haben praktisch keine Anhaltspunkte. Können keine Verbindungen finden. Und wir haben nicht einmal richtige Spuren, die wir verfolgen könnten. Ich bin nach Hause gekommen, um mal Pause zu machen. Wir haben nur herumgesessen, einander angestarrt und uns gefragt, was als nächstes zu tun ist. Was können wir machen – außer jeden zu durchsuchen, der in einen Supermarkt geht. Und diese verdammten Reporter scheinen sich auf dem Revier häuslich eingerichtet zu haben. Von allen Seiten werden wir bedrängt. Wir müssen diese Sache bald lösen, sonst werden wir fertiggemacht.«
Sarah setzte sich. »Ich hab mir mal Gedanken gemacht. Die Rachetheorie lässt sich nicht halten, weil ihr kein Bindeglied zwischen den Firmen finden könnt, stimmt das?«
»Ja.«
»Hast du schon mal darüber nachgedacht, welche Auswirkungen Arbeitslosigkeit auf die Kriminalität hat?«
»Einbruch, Ladendiebstahl, Raubüberfälle, Vandalismus, Drogen, das ja. Aber doch sicher nicht Giftanschläge, Schatz.«
»Es gibt so viel Verbitterung, Maggie. So viel Hass. Ich habe oft das Gefühl gehabt, ich würde diese unfähigen Trottel, die Liddell's kaputtgemacht und mich zum alten Eisen geschmissen haben, am liebsten umbringen. Habt ihr mal an Menschen gedacht, denen gekündigt worden ist?«
»Haben wir. Aber nur ein halbes Dutzend Leute hat für

alle drei Firmen gearbeitet. Und keiner davon hat einen Grund für Rachegelüste. Und niemand hat irgendeine Verbindung zu Burnalder.«

»Da gibt es noch etwas anderes, Maggie. Es ist mir erst eingefallen, als ich vorhin Zeitung gelesen habe. Die *News* brachte einen großen Artikel über die Muttergesellschaften, die die drei Produkte herstellen. Also, ich könnte schwören, dass sie alle in den letzten zwei Monaten Stellenanzeigen für Führungskräfte geschaltet hatten. Ich weiß es, weil ich mich auf zwei dieser Stellen beworben habe. Ich bin nicht einmal zum Vorstellungsgespräch eingeladen worden, weil ich keine Erfahrung in der Lebensmittelbranche habe, nur in der Kunststoffproduktion. Es muss andere Leute geben, die in einer ähnlichen Situation und vielleicht labiler sind als ich.«

»Mein Gott!« Maggie holte tief Luft. Sie schob ihren Teller weg. Ihr Gesicht bekam wieder Farbe, und sie schien neue Energie zu verspüren. Sie stand auf und umarmte Sarah heftig. »Du hast mich auf den ersten klaren Anhaltspunkt in diesem ganzen beschissenen Fall gebracht. Du bist ein Genie!«

»Ich hoffe, du wirst dich daran erinnern, wenn sie dich zur Oberkommissarin befördern.«

Maggie grinste und war schon fast aus der Tür. »Du hast einen Punkt gut bei mir. Bis später.«

Als die Haustür zuschlug, sagte Sarah mit ironischem Unterton: »Hoffentlich ist es nicht schon zu spät, Schätzchen.«

Detective Inspector Bill Nicholson arbeitete seit zwei Jahren mit Maggie Staniforth zusammen. Sein anfängliches Misstrauen gegen eine weibliche Mitarbeiterin wurde durch ihre große Kompetenz entkräftet. Jetzt sprach er von ihr des öfteren als einer »verdammt guten Polizistin, obwohl sie eine Frau ist«, so, als sei das seine ureigene Entdeckung, die sich direkt aus der Zusammenarbeit mit ihm ergeben hätte. Als sie Sarahs Vorschlag erklärte und dazu Fotokopien von Zeitungsanzeigen vorlegte, die sie aus dem Archiv der Lokalzeitung herausgesucht hatte, wurde ihm zum ersten Mal klar, dass sie ihn wahrscheinlich in nicht allzu ferner Zukunft auf der Karriereleiter überholen würde. Der Gedanke gefiel ihm nicht, aber er wollte sich dadurch nicht von seiner Aufgabe abhalten lassen.

Sie fingen mit einer umfassenden Suchaktion an und sprachen direkt mit den Personalbüros der drei Firmen. Das hieß, sie mussten die Ermittlungen auf das ganze Land ausdehnen und unter sich aufteilen, und es war ihnen klar, dass die Zeit drängte. Eine Ermittlungsgruppe direkt in Burnalder rief Firmen an, die ähnliche Stellen ausgeschrieben hatten, und verlangte die Bewerberlisten. Die schwerfällige Polizeimaschinerie hatte sich in Gang gesetzt.

Am Abend des zweiten Tages kam Maggie erschöpft nach Hause. Tausend Kilometer im Wagen hatten ihr einiges abverlangt, und sie sah fertig und um Jahre gealtert aus. Sarah half ihr aus dem Mantel und goss ihr schweigend einen starken Drink ein.

»Du hattest recht«, seufzte Maggie. »Wir haben den Namen und die Adresse eines Mannes, der von allen drei Firmen nach dem ersten Vorstellungsgespräch abgelehnt wurde. Heute abend werden wir ihn einkreisen, denn wenn er sein Muster beibehält, wird er versuchen, morgen wieder zuzuschlagen. Mit etwas Glück werden wir ihn auf frischer Tat ertappen.« Sie klang grimmig und mitleidslos. »So ein Wahnsinn. Zwölf Menschen mussten sterben, weil er es nicht schafft, so 'nen beschissenen Job zu kriegen.«

»Ich kann es verstehen«, sagte Sarah plötzlich und ging in die Küche.

Maggie sah ihr starr und schockiert nach, aber sie begriff. Wieder spürte sie den leisen Groll gegen ein System, das von ihr verlangte, Menschen zu verfolgen, die es so oft selbst zu Opfern gemacht hatte. Wenn Sarah ihre gut bezahlte Arbeit nicht verloren hätte, dann hätte Maggie inzwischen ihren Job bei der Polizei hingeschmissen, das wusste sie genau. Aber sie brauchten ihr Gehalt, um sich über Wasser zu halten. Der Job selbst war unangenehm genug. Aber die zusätzliche Qual, ihre Beziehung zu Sarah ständig verborgen halten zu müssen, belastete sie allmählich mehr, als sie ertragen konnte. Sarah war nicht die einzige, deren Möglichkeiten durch ihre Arbeitslosigkeit drastisch eingeschränkt wurden.

Um neun Uhr fünfundfünfzig war ein Dutzend Kripobeamte um ein adrettes Einfamilienhaus in einer ruhigen Vorortstraße postiert. Im Garten ragte ein Schild mit der Aufschrift ZU VERKAUFEN zwischen den Rosenbüschen hervor. In der Küche und im Wohnzimmer brannte Licht.

Im Auto vergewisserte sich Bill noch einmal, dass er den Durchsuchungsbefehl dabeihatte. Nach einer letzten Durchsage über das Funksprechgerät gingen Maggie und er die kurze Einfahrt hoch.

»Jetzt bist du dran«, sagte er und klingelte. Ein großer kräftiger Mann Mitte vierzig machte auf. Um die Augen hatte er Falten, die von der Anspannung herrührten, und seine Kleidung war zu weit, so, als hätte er in letzter Zeit abgenommen.

»Ja?«, sagte er freundlich und leise.

»Mr. Derek Millfield?«, fragte Maggie.

»Das bin ich. Was kann ich für Sie tun?«

»Wir sind von der Polizei, Mr. Millfield. Wir würden gern mit Ihnen sprechen, wenn es Ihnen nichts ausmacht.«

Er schien ratlos. »Natürlich, gern. Aber ich verstehe nicht, was …« Er verstummte. »Kommen Sie doch am besten rein.«

Sie betraten das Haus, und Millfield führte sie in ein überraschend geräumiges Wohnzimmer. Es war geschmackvoll und aufwändig eingerichtet. Eine Frau saß vor dem Fernseher.

»Meine Frau Shula«, stellte er vor. »Shula, diese Leute sind Polizisten, Entschuldigung, Miss, ich meine, Polizeibeamte.«

Shula Millfield stand auf und sah sie an. »Jetzt kommen Sie mich also holen«, sagte sie.

Es war schwierig zu sagen, wer am meisten überrascht war. Dann lachte sie plötzlich, weinte und schrie – alles durcheinander.

Maggie streckte sich auf der Couch aus. »Es war entsetzlich. Es muss bei ihr seit Wochen auf Messers Schneide gestanden haben, bevor sie endlich ausflippte. Er ist seit sieben Monaten arbeitslos. Sie haben die Kinder aus der Privatschule nehmen müssen, mussten das Auto und ihren Besitz verkaufen. Er hatte keine Ahnung, was sie da anrichtete. Ich habe noch nie jemanden so durchdrehen sehen. Alles wegen eines angenehmen, gutbürgerlichen Lebensstils.
Ihre Schuld steht außer Frage. Ihre Fingerabdrücke waren überall auf dem Glas mit dem Arsen. Sie hat das Fläschchen vor einem Monat gestohlen. Sie hatte eine Teilzeitstelle in der Apotheke des Kreiskrankenhauses von Kingcaple. Aber dort hat man nicht mal gemerkt, dass es fehlte. Weiß der Himmel, wie das möglich war. Da werden wohl Köpfe rollen«, fügte sie bitter hinzu.
»Was geschieht mit ihr?«, fragte Sarah reserviert.
»Sie wird vor Gericht gestellt, wenn sie schuldfähig ist. Aber ich bezweifle, dass sie das ist. Ich fürchte, sie wird für den Rest ihres Lebens in einer Anstalt landen.« Als sie den Blick hob, sah sie Tränen auf Sarahs Gesicht. Sie stand auf und legte den Arm um sie. »He, wein doch nicht, Schatz. Bitte nicht.«
»Ich kann nicht anders, Maggie. Ich weiß, wie es ist, verstehst du. Ich kenne diese grenzenlose Hoffnungs-

losigkeit. Ich kenne diesen Hass, diesen Frust und die Sinnlosigkeit. Du kannst nichts dagegen tun. Sie werden damit leben müssen, Detective Sergeant Staniforth, dass ich es genausogut hätte sein können. So leicht hätte ich es selbst sein können.«

Weihnachten nach alter Väter Sitte

Gestern nacht träumte mir, ich sei nach Amberley gefahren. Neuschnee war gefallen, er lag tief und gleichmäßig und glitzerte in der Sonne wie Girlanden auf den Zweigen, als wir durch die hohen Eisentore den Weg hinauffuhren. Diana saß am Steuer, ihre behandschuhten Hände lagen trotz der gefährlichen, nur teilweise geräumten Straßendecke ruhig und sicher auf dem Steuerrad. Wir kamen um ein Wäldchen herum, und da lag das Haus wunderschön wie auf einem Foto vor uns und die Sonne schien dem gelben Stein aus den Cotswolds Leben einzuhauchen. Amberley House war eines von Vanbrughs kleinen Anwesen, die er so nebenbei schuf, nachdem er das Handwerk beim Bau seines Meisterstücks, Blenheim Palace, gelernt hatte.
Diana hielt vor der Säulenhalle an und hupte. Sie drehte sich mit glänzenden Augen zu mir um, und ihr Lächeln war betörend wie eh und je. »Hier fängt Weihnachten an«, sagte sie. Und wie auf Kommando ging die Haustür auf und Edmund stand auf der Schwelle, zwischen seiner und Dianas Mutter und seiner Frau Jane, die alle heiter wie Wanderer auf einem Tagesausflug lächelten.
Da erwachte ich, wie gelähmt vor Schreck und starrte in

die Dunkelheit. Es war einer dieser Träume, die einem noch so lebhaft vor Augen stehen, dass man beim Erwachen gar nicht ganz glauben kann, was da gerade geschehen ist. Aber ich wusste, dass es ein Traum war, oder vielmehr ein Alptraum. Denn Edmund, der sechste Baron Amberley von Anglezarke, war schon seit drei Monaten tot. Ich muss es wissen, denn ich habe seine Leiche gefunden.

Diana neben mir schlief noch. Ich hätte mich am liebsten an sie geschmiegt und vor der schrecklichen Erinnerung Trost gesucht, aber ich wollte nicht so rücksichtslos sein. Eine Nacht, in der sie ruhig schlafen konnte, war immer noch ein Luxus für sie, und die nächsten zwei Wochen würden auch nicht gerade geruhsam werden. Ich schlüpfte aus dem Bett und ging in die Küche, um mir eine Tasse Kamillentee zu machen.

Während ich zusammengekauert vor dem Gasherd saß, zwang ich mich, über Weihnachten nachzudenken. Es war das vierte Jahr, in dem Diana und ich uns aufmachten, um in ihrem Elternhaus zu feiern. Als für uns das erste gemeinsame Weihnachtsfest näherrückte, machte ich mir Sorgen darüber, was wir tun sollten. Für Beziehungen wie die unsrige gibt es keine vorgegebenen Regeln. Ganz sicher war nur, dass ich mir wünschte, wir könnten das Fest zusammen verbringen. Und ich wusste, dass es nicht in Frage kam, meine Eltern zu besuchen. Solange sie nicht mit der körperlichen Anwesenheit ihrer lesbischen Tochter konfrontiert werden, können sie damit umgehen. Aber zu Weihnachten eine Frau in ihre Glasgower Mietwohnung mitzubringen,

wäre unangenehm. Mit der Tochter eines Barons zu erscheinen, wäre unmöglich gewesen.
Als ich nervös das Thema anschnitt, hatte Diana erstaunt die Augenbrauen gehoben und den Mund zu einem leichten Lächeln verzogen. »Ich habe angenommen, dass du mit mir nach Amberley fahren möchtest«, sagte sie. »Man erwartet dich dort.«
»Bist du sicher?«
Diana legte herzlich die Arme um mich. »Natürlich. Willst du nicht an Weihnachten mit mir zusammen sein?«
»Blöde Frage«, brummte ich. »Ich dachte, wir könnten vielleicht ganz für uns feiern, nur wir zwei. Romantisch und innig vereint.«
Diana schien sich nicht sicher. »Können wir nicht auch auf Amberley romantisch sein? Ich kann mir Weihnachten sonst nirgends vorstellen. Es ist so … so traditionell. So englisch.«
Jetzt war es an mir, die Augenbrauen hochzuziehen. »Bist du sicher, dass ich zu euch passe?«
»Du weißt doch, dass meine Mutter sehr viel von dir hält. Sie besteht darauf, dass du kommst. Was Traditionen betrifft, da ist sie ganz fanatisch, besonders in Bezug auf Weihnachten. Du wirst begeistert sein«, versprach sie.
Und so war es auch. Es mag unwahrscheinlich klingen, aber ich als Kind der schottischen Arbeiterklasse, lesbische Feministin und Homöopathin, begeisterte mich voll und ganz für die englische Landhausidylle. Ich fuhr am Weihnachtstag sehr gern mit Diana hin. Wir ließen

die Autobahn mit dem Verkehr hinter uns und fuhren über kleine Landstraßen mit hohen Hecken durch das Dorf Amberley mit seinen Lebkuchenhäuschen und den festlichen Lichtern auf dem Gemeindeanger und schließlich am Dower House vorbei, wo ihre Mutter wohnte, bis in die Einfahrt zum Gut. Ich war begeistert von Sherry und Mince Pies, traditionellem Weihnachtsgebäck, das zusammen mit den Nachbarn verzehrt wurde, auch wenn diese mich mit den Schilderungen ihrer Gebrechen beglücken wollten. Ich fand das große Festessen wunderbar, das Dianas Mutter am Weihnachtsabend zubereitete, und ich genoss den kurzen Marsch durch den Wald zur Christmette in der Dorfkirche. Und vor allem freute ich mich darüber, wie alle mich ganz selbstverständlich und herzlich in ihr Ritual einbezogen.

Am ersten Weihnachtsfeiertag gab es Sektfrühstück, die reich gefüllten Strümpfe mit kindischen Spielereien und teuren Leckereien aus den exklusiven Läden der oberen Zehntausend, dann wieder Kirchgang, danach die eigentlichen Geschenke. Anschließend das gigantische Festmahl mit Freilandtruthahn von der Farm des Anwesens. Dann erschien ein Dutzend guter Freunde der Familie, um mit Knallbonbons, lächerlichen Papierhüten und Masken zu feiern und zu trinken, als sei der heutige Tag der letzte ihres Lebens, und bei allen läppischen Partyspielen wie Verstecken oder Scharaden mitzumachen. Ich bin froh, dass niemand das Ganze auf Video aufgenommen und mir angedroht hat, das Band an die Frauen-Kooperative für alternative Heilbehandlung zu schicken, wo ich arbeite. Dem Erpresser hätte ich wohl ein hübsches Sümmchen zahlen müssen. Diana und ich führen in London ein Leben, in dem Klassenbewusstsein keine Rolle spielt. Fast niemand kennt ihre Herkunft. Sie schämt sich ihrer nicht. Doch sie weiß aus früherer bitterer Erfahrung, wie viele Schranken sich aus ihrer Herkunft für sie ergeben, wenn diese bekannt wird. Aber auf Amberley ließen wir ein paar Tage meine Homöopathie und ihre Praxis für Prozesskostenhilfe und Rechtsberatung hinter uns und lebten in einer Zeitschleife, an der Charles Dickens seinen Spaß gehabt hätte.

Am Abend des zweiten Feiertags, Boxing Day, marschierten wir immer alle hinunter zum Dorftanz im großen Saal. Da lief Edmund zu großer Form auf. Er ließ seine Rolle als Jäger, Schütze und Fischer fallen wie die Masken, die wir am Vorabend getragen hatten, nahm sein Altsaxophon und trat auf die Bühne, um die zwölfköpfige Amber Band zu leiten. Die meisten Mitglieder der Band waren professionelle Studiomusiker, aber der Mann am Schlagzeug arbeitete auch auf der Amberley Farm, und Keyboard spielte der Dorfbriefträger. Ich kenne mich nicht besonders aus, aber ich fand, die Amber Band war eine der besten Live-Bands, die ich je gehört hatte. Sie spielten alles von Duke Ellington bis Glenn Miller, auch Nummern von Miles Davis und John Coltrane, alle von Edmund arrangiert. Und natürlich spielten sie auch ein paar von Edmunds eigenen Sachen, seltsam düstere, langsame Stücke zum Tanzen, die es irgendwie schafften, die unmöglich an-

mutende Verbindung zwischen dem englischen Landleben und Jazz herzustellen.
In den Weihnachtstagen des letzten Jahres gab es nichts, was auf eine radikale Wende hingedeutet hätte. Edmund zeigte beim Spiel mit seiner Band den üblichen Schwung. Diana und ich tanzten die halbe Nacht miteinander und wechselten uns ein ums andere Mal ab, um mit ihrer Mutter zu tanzen. Evangeline (»Sag Evie zu mir«) tanzte immer noch mit einer Lebhaftigkeit und einem Feingefühl, das mich verstehen ließ, wieso Dianas Vater sich in sie verliebt hatte. Wie üblich saß Jane gleichmütig mit einem Gin Tonic dabei, an dem sie sich den ganzen Abend festhielt. »Ich tanze nicht«, war ihre steife Antwort, als ich sie bei meinem ersten Besuch aufgefordert hatte. Es war eine schroffe Ablehnung, die keine Diskussion zuließ. Später fragte ich Diana, ob Jane mich zurückgewiesen hätte, weil ich Lesbe bin.
Diana lachte laut auf. »Du lieber Gott, nein«, rief sie. »Jane tanzt nicht einmal mit Edmund. Sie ist völlig unmusikalisch und hat kein Gefühl für Rhythmus.«
»Da ist es wohl ganz schön schwierig, mit Edmund verheiratet zu sein«, sagte ich.
Diana zuckte die Schultern. »Es wäre schwierig, wenn er außer Musik nichts täte. Aber die Amber Band spielt nur ein paarmal im Jahr. Den Rest der Zeit leitet er das Gut, und Jane liebt es, die Frau des Gutsherrn zu sein.«
In den Jahren dazwischen war dies das Einzige, was sich geändert hatte. Es sprach sich immer mehr herum, wie gut die Amber Band spielte, und die Nachfrage stieg. Beim letzten Mal war es schon so weit, dass sie min-

destens jede Woche einen Auftritt hatten. Sie hatten die Dorfsäle und Jagdfeste hinter sich gelassen und spielten nun auf Studentenpartys an der Uni.
Letzte Weihnachten war ich mit Dianas Mutter am Nachmittag des Weihnachtstags spazierengegangen. Als wir aus der Hintertür traten, bemerkte ich drüben bei den Ställen einen Dreitonner mit Plane, auf dessen Seite in großen goldenen und schwarzen Lettern stand: »Amber Band! Wir bringen Jazz unter die Leute!«
»Wow«, sagte ich. »Jetzt wird's wohl ernst.«
Evie lachte. »Es macht Edmund Spaß und hält ihn bei guter Laune. Sein Vater war besessen von dem Gedanken, den britischen Rekord zu brechen und den größten Lachs zu fangen, und glaub mir, das war ein viel lästigeres Hobby als Edmunds Interessen. Jane muss sich nur damit abfinden, dass sie Edmunds Gesellschaft zwei oder drei Abende in der Woche entbehrt. Allein zu einer Dinnerparty zu gehen, ist ein wesentlich leichteres Schicksal, als zu abgelegenen Fischerhütten mitgeschleppt und von Mücken fast zu Tode gestochen zu werden.«
»Findet er es nicht schwierig, daneben noch das Gut zu verwalten?«, fragte ich so nebenbei, während wir uns durch den Park zu dem Wäldchen aufmachten.
Evie presste kurz die Lippen zusammen, aber ihre Stimme verriet keinen Unmut. »Er hat für das Tagesgeschäft einen Mann auf Teilzeitbasis eingestellt. Edmund hat alles ziemlich fest in der Hand, aber Lewis nimmt ihm einen Teil der Last ab und kümmert sich um die alltäglichen Arbeiten.«

»Es ist bestimmt nicht leicht, heutzutage so ein Gut mit Gewinn zu betreiben.«

Evie lächelte. »Edmund hat Talent dafür. Er versteht, wie wichtig die althergebrachten Traditionen sind, aber er hat auch keine Angst, Neues auszuprobieren. Ich habe großes Glück mit meinen Kindern, Jo. Sie sind besser geraten, als jede Mutter hätte hoffen können.«

Ich nahm das Kompliment, das darin enthalten war, schweigend zur Kenntnis.

Am Tag nach Boxing Day krachte das glückliche Familienidyll vor aller Augen in sich zusammen. Edmund schien beim Mittagessen ruhiger als sonst, aber ich erklärte mir das mit dem Brummschädel, unter dem er wohl leiden musste, wenn es noch so etwas wie eine Gerechtigkeit in der Welt gab. Als Evie den Kaffee eingoss, räusperte er sich und sagte plötzlich: »Ich habe euch allen etwas zu mitzuteilen.«

Diana und ich warfen uns fragende Blicke zu. Ich bemerkte, dass Janes Gesicht starr wurde und ihre Finger krampfhaft den Henkel ihrer Kaffeetasse umklammerten. Evie brachte zu Ende, was sie angefangen hatte, und setzte sich. »Schieß los, Edmund«, sagte sie sanft.

»Wie ihr alle wisst, hat die Amber Band immer mehr Erfolg. Vor ein paar Wochen hat mich der Vertreter einer großen Plattenfirma angesprochen. Sie möchten einen Vertrag mit uns machen und einige Platten aufnehmen. Sie würden uns auch gerne helfen, angesagtere Veranstaltungsorte für unsere Auftritte zu finden. Ich

habe das mit der Band besprochen, und wir fanden alle, dass wir verrückt wären, wenn wir diese Gelegenheit nicht beim Schopf ergreifen würden.« Edmund schwieg und sah sich besorgt um.
»Ich gratuliere dir, Brüderchen«, sagte Diana. Ich hörte ihrer Stimme an, wie nervös sie war, obwohl ich ihre Ängstlichkeit nicht verstand. Schweigend saß ich da und wartete auf die Fortsetzung.
»Sprich weiter«, sagte Evie in so nüchternem Tonfall, dass mir ein kalter Schauder über den Rücken lief.
»Natürlich hat das Auswirkungen auf Amberley. Ich kann nicht eine Karriere als Musiker verfolgen und zugleich weiter für all dies hier verantwortlich sein. Außerdem müssen wir den Ertrag aus dem Gut steigern, damit ganz gleich, was aus meiner Karriere wird, immer genug Geld da ist, um es Ma zu ermöglichen, so weiterzuleben wie bisher. Ich habe also die Entscheidung getroffen, Haus und Gut von einer Firma betreiben zu lassen, die das Haus als Tagungszentrum mit Zimmern für die Tagungsgäste führen und das Land weiter nach den von mir eingeführten Richtlinien bewirtschaften wird«, sagte Edmund schnell.
Janes Gesicht wurde hochrot. »Wie kannst du es wagen?«, zischte sie. »Du kannst dieses Anwesen nicht einfach in eine Quasselbude verwandeln. Das Haus wird voll von grässlichen Handelsvertretern sein. Wir werden nicht mehr so leben können, wie wir wollen.«
Edmund sah mit gesenktem Kopf auf den Tisch. »Wir werden nicht hier bleiben«, sagte er leise. »Es ist sinnvoller, wenn wir umziehen. Ich dachte, wir könnten ein

Haus in London kaufen.« Er sah mit einem hilflosen Blick so flehend zu Jane auf, dass es peinlich war.
»Das ist ja bemerkenswert«, sagte Evie, die endlich die Sprache wieder gefunden hatte. »Du willst die jahrhundertealte Tradition zerstören, nur um einem Hobby zu frönen?«
Edmund holte tief Luft. »Ma, es ist kein Hobby. Eigentlich lebe ich nur dann richtig, wenn ich Musik mache. Passt auf, es gibt nichts mehr zu diskutieren. Ich habe meine Entscheidung getroffen. Das Haus und das Gut sind mein Eigentum, ich kann damit verfahren, wie ich es für richtig halte, und dies sind meine Pläne. Es ist sinnlos, darüber zu streiten. Die Unterlagen sind vorbereitet, und ich werde morgen in die Stadt fahren und alles unterschreiben. Die anderen Jungs aus dem Dorf haben schon gekündigt. Wir sind bereit.«
Jane stand auf. »Du Scheißkerl«, schrie sie. »Du rücksichtslose Arschloch! Warum hast du das nicht mit mir besprochen?«
Edmund hielt abwehrend die Hände hoch. »Ich wusste, dass du dagegen sein würdest. Und du weißt, wie schwer es mir fällt, dir etwas abzuschlagen. Jane, ich muss das tun. Es wird schon alles gut werden, ich verspreche es dir. Wir werden ein schönes Haus in London finden, in der Nähe deiner Freunde.«
Wortlos nahm Jane ihre Tasse und schleuderte ihren Kaffee Edmund ins Gesicht. Sie traf ihn mitten auf die Stirn. Er zuckte kaum zusammen, als ihm die heiße Flüssigkeit über das Gesicht lief und seinen Pullover braun färbte. »Du gefühlloser Dreckskerl«, sagte sie

leise. »Hast du nicht bemerkt, dass ich seit zwei Monaten keine Periode mehr gehabt habe? Ich bin schwanger, Edmund, du ausgemachter Vollidiot. Ich bin seit zwei Monaten schwanger, und du willst mein ganzes Leben auf den Kopf stellen?« Dann lief sie aus dem Zimmer und warf die schwere Tür hinter sich zu, was allein schon eine beträchtliche Leistung war.
In der lähmenden Stille, die folgte, nachdem Jane ihre Bombe platzen ließ, saßen alle regungslos da. Dann schob Edmund mit fassungslosem Gesichtsausdruck quietschend seinen Stuhl zurück und folgte wortlos seiner Frau. Ich drehte mich um und sah Diana an. Die Niedergeschlagenheit, die aus ihrem Gesicht sprach, traf mich wie ein Schlag gegen die Brust. Ich hörte kaum, wie Evie seufzte: »Das ist ja wohl ein starkes Stück.« Dann verließ auch sie das Zimmer. Bevor sich die Tür hinter ihr schloss, war ich aufgestanden und hielt Diana fest umarmt.

Das Dinner an diesem Abend war die erste Mahlzeit, die ich auf Amberley in angespannter Stimmung einnahm. Es wurde kaum ein Wort gesprochen, und ich vermute, nicht nur ich verspürte Erleichterung, als Edmund plötzlich vor dem Kaffee aufstand und verkündete, er gehe ins Dorf zu einer Probe. »Wartet nicht auf mich«, sagte er knapp.
Sobald das Essen vorbei war, ging Jane nach oben. Evie setzte sich zu uns, um einen Film anzusehen, aber nach einer halben Stunde erhob sie sich und sagte: »Es tut mir leid. Ich kann mich nicht konzentrieren. Dein Bru-

der hat mir zu viel Kopfzerbrechen bereitet. Ich gehe ins Dower House zurück.«

Diana und ich gingen mit ihrer Mutter zur Tür. Wir standen unter den Säulen und sahen der dunklen Gestalt im Schnee nach. Die Luft war schwer, und die Wolken hingen tief. »Es sieht so aus, als würde sich ein Sturm zusammenbrauen«, sagte Diana. »Sogar das Wetter ist sauer auf Edmund.«

Wir sahen den Film zu Ende und beschlossen dann, hinauf und zu Bett zu gehen. Als wir durch die Halle kamen, wollte ich die Lichter am Weihnachtsbaum abschalten. »Lass sie«, sagte Diana. »Edmund wird sie ausmachen, wenn er kommt. Es ist Tradition – wer als letzter zu Bett geht, macht den Baum aus.« In Gedanken an früher lächelte sie. »Wie oft bin ich gegen Morgen von Partys zurückgekommen und habe den Baum bis in die Einfahrt hinaus leuchten sehen.«

Etwa eine Stunde später kam das Unwetter. Wir lasen im Bett, als sich ein Donnerschlag laut wie eine Bombe über dem Haus entlud. Dann ratterte es wie Maschinengewehrfeuer gegen das Fenster. Wir umfassten uns überrascht, obwohl wir weiß Gott noch nie einen Vorwand dafür gebraucht hatten. Diana stand auf und zog einen der schweren Damastvorhänge zurück, damit wir den ans Fenster prasselnden Hagel und die gezackten Blitze am Himmel beobachten konnten. Das Unwetter wütete fast eine Stunde lang. Diana und ich spielten das alte Spiel, die Sekunden zwischen Donner und Blitz zu zählen, und schlossen daraus, dass das Gewitter über Amberley kreiste, sich etwas entfernte, dann

zurückkehrte und uns wieder mit Blitz und Hagel überzog.
Schließlich zog es nach Westen ab, gelegentlich zuckten noch Blitze über den fernen Hügeln. Irgendwie schien es der richtige Zeitpunkt zu sein, miteinander zu schlafen. Als wir danach im Luxus befriedigter Sinnlichkeit beisammenlagen, ging plötzlich das Licht aus. »Verdammt«, sagte Diana träge. »Jetzt ist wegen des blöden Unwetters der Strom ausgefallen.« Sie wollte aufstehen. »Ich geh wohl besser mal runter und seh nach dem Sicherungskasten.«
Ich hielt sie zurück. »Lass doch«, drängte ich. »Edmund kann es machen, wenn er nach Haus kommt. Es ist so schön warm, und wir sind so müde. Außerdem fühle ich mich dann vielleicht einsam.«
Diana lachte in sich hinein und kuschelte sich an mich. Kurz danach ging das Licht wieder an. »Siehst du«, sagte ich, »wäre gar nicht nötig gewesen. Wahrscheinlich hat es einfach wegen des Gewitters beim nächsten Umspannwerk ein Problem gegeben.«

Am folgenden Morgen wachte ich kurz nach sieben Uhr mit Schmetterlingen im Bauch auf. Wir wollten nach dem Mittagessen nach London zurückfahren, und ich beschloss, im Wäldchen noch einen kurzen frühen Spaziergang zu machen. Ohne Diana zu wecken, zog ich mich an und verließ leise das still daliegende Haus.
Der Pfad vom Haus zum Wäldchen war ausgetreten. Seit dem Weihnachtsabend hatte es nicht mehr ge-

schneit, und der Weg war oft begangen worden, da er als Abkürzung sowohl zum Dower House als auch zum Dorf diente. Unter den überall sichtbaren Stiefelspuren gab es sogar die Spur eines Mountainbikes. Auf den Zweigen mancher Bäume in dem schon älteren Mischwald aus Buchen, Birken, Erlen, Eichen und Eschen lag noch wie Filigran eine dünne Schneeschicht, obwohl nach dem Gewitter mildes Tauwetter eingesetzt hatte. Als ich in den Wald kam, spürte ich, wie mir der schmelzende Schnee auf den Kopf tropfte.

Mitten im Wäldchen gibt es eine von Weißbirken gesäumte Lichtung. Als Kind hatte Diana geglaubt, dass die Feen hierher kamen, um ihre Zauberkraft zu erneuern. Aber an diesem Morgen wirkte kein Zauber auf dieser Lichtung. Sobald ich zwischen den Bäumen hervortrat, sah ich auf der anderen Seite der Lichtung neben dem Weg den toten Edmund unter einer einzeln stehenden Weißbirke liegen.

Einen Augenblick war ich starr vor Schreck. Dann rannte ich hin und kniete neben ihm nieder, aber ich brauchte seinen Puls nicht zu fühlen. Er war offensichtlich schon lange tot, seine rechte Hand war schwarz und verbrannt.

An die nächsten Stunden kann ich mich nicht erinnern. Ich ging zum Dower House, weckte Evie auf und platzte mit dem heraus, was ich gesehen hatte, und sie rief die Polizei. Ich erinnere mich unbestimmt, dass sie leicht schwankte, als ich ihr die Nachricht überbrachte, aber ich stand unter Schock und weiß nicht mehr, was sie sagte. Bald danach kam Diana. Als ihre Mutter ihr sagte, was geschehen war, starrte sie mich einen Augenblick an, dann liefen ihr Tränen übers Gesicht. Niemand schien besonders darauf erpicht, Jane die Nachricht zu überbringen. Schließlich warteten wir, als hätten wir uns abgesprochen, bis die Polizei kam. Für unseren Fall schickte man zwei uniformierte Polizisten und zwei Kripobeamte. Noel Coward hätte gesagt, dass Detective Inspector Maggie Staniforth nicht einmal einem betrunkenen Kind von zweieinhalb Jahren etwas hätte vormachen können. Als Evie mich als die Partnerin ihrer Tochter vorstellte, wurde DI Staniforth sichtlich freundlicher. In dem Moment war mir das egal, denn ich war zu geschockt, um auch nur zu begreifen, was sie sagten. Es klang wie das entfernte Summen von Bienen in einem Kräutergarten.

DI Staniforth machte sich mit ihrer Gruppe auf den Weg, um die Leiche zu untersuchen, während Diana und ich nach ein paar murmelnd in der Ecke gewechselten Worten Evie mitteilten, dass wir zu Jane gehen und es ihr sagen würden. Wir fanden sie in der Küche, wo sie einen Becher Kaffee trank. »Ihr habt nicht zufällig meinen Mann gesehen«, sagte sie in äußerst verächtlichem Tonfall, als wir hereinkamen. »Er hatte nicht den Mut, gestern Nacht nach Hause zu kommen.«

Diana setzte sich neben Jane und warf mir einen erschrockenen Blick zu. Ich trat näher. »Es tut mir leid, Jane, aber es ist ein Unglück geschehen.« Warum halten wir uns in solchen erschütternden Augenblicken immer an das nächstliegende Klischee?

Jane sah mich an, als spräche ich Kisuaheli. »Ein Unglück?«, fragte sie, und ihre Stimme klang wie das theatralische Echo einer exzentrischen Bühnenfigur.
»Edmund ist tot«, stieß Diana hervor. »Er ist vom Blitz getroffen worden. Im Wald. Auf dem Rückweg vom Dorf.«
Während sie sprach, erfasste mich Übelkeit. Ich dachte, ich würde ohnmächtig werden und hielt mich an der Tischkante fest. Dianas Worte ließen meine Knie weich werden und ich taumelte zum nächsten Stuhl. Bis zu diesem Zeitpunkt war ich vom Schock zu benommen gewesen, um zu merken, welchen Schluss alle anderen außer mir gezogen hatten.
Jane sah Diana verblüfft an. »Es tut mir sehr leid«, sagte Diana, und Tränen begannen ihr über die Wangen zu laufen.
»Mir nicht«, sagte Jane. »Jetzt kann er mein Kind nicht mehr daran hindern, auf Amberley aufzuwachsen.«
Diana erblasste. »Du Miststück«, sagte sie entgeistert.
Da wusste ich wenigstens, was ich zu tun hatte.
Maggie Staniforth kam kurz danach, um mich zu befragen. »Es ist nur eine Formalität«, sagte sie. »Es ist offensichtlich, was passiert ist. Er ist während des Unwetters zu Fuß nach Hause gegangen und wurde vom Blitz getroffen, als er unter der Birke entlangging.«
Ich holte tief Luft. »Leider stimmt das nicht«, sagte ich. »Edmund ist ermordet worden.«
Sie hob die Augenbrauen. »Sie stehen noch unter Schock. Ich fürchte, es gibt keine verdächtigen Umstände.«

»Ihnen mag das so vorkommen. Aber ich weiß, dass es nicht so ist.«
Man muss anerkennen, dass sie mich ausreden ließ und zuhörte. Aber sie sah weiter skeptisch aus. »Das ist ja alles gut und schön«, sagte sie schließlich. »Aber wenn das wahr ist, was Sie sagen, gibt es keine Möglichkeit, es auch zu beweisen.«
Ich zuckte die Schultern. »Warum suchen Sie nicht nach Fingerabdrücken? Entweder an der Steckdose für die Weihnachtsbaumbeleuchtung oder am Sicherungskasten. Als er den elektrischen Schlag bekam, schaltete sich die Sicherung ab und das Licht ging aus. Diana und ich dachten, es sei ein Ausfall im Stromnetz, aber jetzt wissen wir, dass es nicht so war. Jane musste den Stecker und die Steckdose wieder richtig verkabeln, um ihre Spuren zu verwischen. Und sie muss in den Keller hinuntergegangen sein, um die Sicherung auszuwechseln oder den Sicherungsschalter wieder hochzudrücken. Wenn alles mit rechten Dingen zugegangen wäre, hätte sie keine Veranlassung gehabt, sich daran zu schaffen zu machen. Ich glaube, sie hätte nicht einmal Grund gehabt, überhaupt zu wissen, wo der Sicherungskasten ist. Versuchen Sie es«, drängte ich.
Und so wurde Evie des Mordes an ihrem Sohn angeklagt. Wenn ich alles durchdacht und gewartet hätte, bis mein Verstand nicht mehr unter Schock stand, wäre mir klar geworden, dass Jane niemals ihr Baby in Gefahr gebracht hätte, indem sie Edmunds Leiche auf die Lenkstange des Mountainbikes hob und zum Wäldchen hinaus beförderte. Außerdem hoffte sie wahrscheinlich,

ihn, weil er sie liebte, noch umstimmen zu können. Evie hatte keine solche Hoffnung, an die sie sich klammern konnte.

Ich glaube nicht, dass ich DI Staniforth mein esoterisches Wissen mitgeteilt hätte, wenn ich gewusst hätte, dass Dianas Mutter Edmund umgebracht hatte. Es ist eigenartig mit dieser New-Age-Heilkunst. Als ich einmal an einem Seminar über Pflanzen und ihre Heilkräfte teilnahm, das von einem indianischen Medizinmann geleitet wurde, hätte ich nie gedacht, dass seine Weisheit mir einmal helfen würde, einen Mord nachzuweisen.

Vielleicht hat Evie Glück. Vielleicht wird sie Geschworene bekommen, die sich scheuen, jemanden in einem Prozess zu verurteilen, der sich auf die unerklärliche Tatsache stützt, dass der Blitz nie in Birken einschlägt.

Ein atemberaubender Missgriff

Es ist der Alptraum eines jeden Gastronomen. Der Gast ringt nach Atem und stürzt keuchend zu Boden. Als ich das Husten und Spucken hörte, kam ich aus der Küche gerast und schaffte es, bei ihm zu sein, als er gerade mit ausgestreckten Beinen, zur Seite baumelndem Kopf und hervorquellenden Augen wie eine Strohpuppe im Feuer auf dem Boden zusammensackte. Die Leute aus der Vorstandsetage hielten Abstand, denn sie erinnerten sich an all die Geschichten, die sie je darüber gehört hatten, was man bei Mund-zu-Mund-Beatmung alles falsch machen könne. Eine nervöse Stille war eingetreten, nur von dem Keuchen des Mannes unterbrochen, der auf dem Boden lag und nach Luft schnappte. Ich wusste genau, wer er war. Brian Bayley, der Direktor der Kaymen Handelsbank. Aber das hielt mich nicht davon ab, neben ihm niederzuknien und ihn so aufzurichten, dass er saß und ich den Heimlich-Griff anwenden konnte, einen der vielen faszinierenden Kniffe, die man in der Hotelfachschule lernt. Man umschlingt das Opfer mit den Armen, drückt es kurz ganz fest an sich und presst die Luft aus seiner Lunge, die dann ihrerseits das freigibt, was die Luftröhre blockiert

hat. Die Kehrseite ist allerdings, dass gewöhnlich irgendjemand das Erbrochene abbekommt.
Bayleys Gesicht war inzwischen hochrot, seine Lippen fingen an, bedrohlich blau anzulaufen. Ich legte die Arme um ihn und roch den Schweiß, der sich mit seinem teuren Eau de Cologne vermischte. Dann schlang ich meine Arme fest um seinen Brustkorb und presste seine Rippen zusammen. Nichts geschah. Sein Keuchen wurde immer hektischer, aber zugleich schwächer.
»Ich rufe einen Krankenwagen, Meg«, sagte John Collings verzweifelt und ging zum Telefon des Sitzungssaals. Er hatte diesen Lunch geplant und mir war klar, dass dies der letzte Auftrag sein würde, den ich von ihm für eine große Party zu Ehren eines Vorstandsmitglieds bekommen würde.
Ich versuchte das ganze Manöver noch einmal. Diesmal sank Bayley schwerfällig gegen mich. Das entsetzliche, stockende Atmen setzte plötzlich aus. Seine Brust schien sich nicht mehr zu heben und zu senken. »Oh Gott«, sagte ich. »Er hat aufgehört zu atmen.«
Einige Gäste kamen näher heran und zogen Bayleys reglosen Körper sachte von mir weg. Ich zerrte meinen Rock unter ihm hervor, kroch auf allen Vieren um ihn herum und sagte: »Schnell, der Rettungskuss.« Aus dem Augenwinkel sah ich, wie John den Hörer auflegte. In der Ecke hinter ihm stand Tessa, die Bedienung, die das Essen für ihn aufgetragen hatte, und weinte leise.
Johns Hauptbuchhalter hatte die wenig beneidenswerte Aufgabe der Mund-zu-Mund-Beatmung übernommen. Irgendwie war mir klar, dass er seine Zeit ver-

schwendete. Ich setzte mich auf die Fersen zurück und murmelte: »Ich begreife es nicht. Ich begreife es einfach nicht.«

Die Sanitäter kamen innerhalb von fünf Minuten und setzten ihm eine Sauerstoffmaske auf. Sie schnallten Bayley auf eine Tragbahre, und ich folgte ihnen den Flur entlang zum Aufzug. David Bromely, Bayleys Stellvertreter, stieg neben mir in den Krankenwagen und schien sich zu fragen, was zum Teufel ich da zu suchen hatte.

»Er hat ja schließlich mein Essen zu sich genommen«, verteidigte ich mich. »Ich will sicher sein, dass es ihm gut geht.«

»Dafür scheint es ein bisschen spät zu sein«, sagte er. Er klang aber nicht so, als täte es ihm sehr leid.

Im Krankenhaus fanden David und ich eine stille Ecke in der Nähe des Kaffeestands. Ich starrte niedergeschlagen auf den Boden und sagte leise: »Er sah nicht so aus, als würde er es überstehen.«

»Nein«, fand auch David und klang fast vergnügt.

»Sie scheinen nicht allzu erschüttert zu sein«, wagte ich zu bemerken.

»Ist es so offensichtlich?«, fragte er freundlich. »Nein, ich bin nicht erschüttert. Ohne ihn wird es besser sein in der Bank. Der Typ war ein totales Ekel. Im Büro benimmt er sich wie ein Tyrann, und nach dem, was ich so höre, ist es zu Hause genauso. Er sagt: ›Spring!‹, und das Einzige, wonach man fragen darf ist: ›Wie hoch?‹. Er verbraucht Sekretärinnen wie andere Leute Tesafilmrollen.«

»Oh Gott«, seufzte ich. »Wenn er sich erholt, wird er mich also wahrscheinlich wegen Fahrlässigkeit verklagen.«
»Ich bezweifle, dass er das glaubhaft machen könnte. Durch seine eigene Gier trifft ihn einige Mitschuld. Ich habe ihn diese Huhn-Knoblauch-Happen verschlingen sehen, als wäre er am Verhungern«, tröstete mich David.
Bevor wir weitersprechen konnten, kam eine müde aussehende Frau im weißen Kittel auf uns zu. »Sind Sie im Krankenwagen gekommen mit ...«, sie sah auf ihr Klemmbrett hinunter, »Brian Bayley?« Wir nickten. »Sind Sie mit Mr. Bayley verwandt?«
Wir schüttelten den Kopf. »Ich bin ein Kollege«, sagte David.
»Und ich habe den Lunch zubereitet, bei dem Mr. Bayley den Erstickungsanfall hatte«, gab ich preis.
Die Ärztin nickte. »Können Sie mir sagen, was Mr. Bayley gegessen hat?«
»Nur ein paar Häppchen. Mehr hatten wir noch nicht serviert«, sagte ich abwehrend.
»Und was genau war in den Häppchen?«
»Es gab zwei Sorten«, erklärte ich. »Geräucherte Hühnerbrust oder Lachs und Hummer.«
»Brian hat nur die Häppchen mit Huhn genommen«, kam mir David zu Hilfe.
Die Ärztin schien etwas verwirrt. »Sind Sie sicher?«
»Natürlich. Fisch hat er nie angerührt«, fügte David hinzu. »Er duldete es normalerweise nicht einmal, dass Fisch im Menü vorkam, wenn wir ein Festessen gaben.«

»Hören Sie«, sagte ich. »Was hat das damit zu tun?«
Die Ärztin seufzte. »Mr. Bayley ist offenbar an einem anaphylaktischen Schock gestorben.« Wir sahen wohl beide ratlos aus, denn sie fing an, es uns zu erklären. »Es ist im Grunde einfach eine drastische allergische Reaktion. Seine Atemwege waren plötzlich blockiert. Er konnte nicht mehr genug Luft in die Lunge bekommen und ist erstickt. Allerdings habe ich noch nie gehört, dass dies nach dem Verzehr von Huhn passiert ist. Die häufigste Ursache ist die allergische Reaktion auf einen Bienenstich«, sagte sie nachdenklich.
»Ich weiß, dass er allergisch gegen Schalentiere war«, informierte sie David, »deshalb hatte er immer etwas dagegen, dass Fisch serviert wurde.«
»Um Himmels willen«, rief ich. »Der Hummer!« Die beiden starrten mich an. »Ich habe die Schale des Hummers zermahlen und der Mayonnaise für die Fischhäppchen beigemischt. In der Mayonnaise für die Häppchen mit Huhn waren gegrillte rote Paprika und gerösteter Knoblauch. Daher haben beide Sorten sehr ähnlich ausgesehen. Es hat doch hoffentlich in der Küche keine Verwechslung gegeben?« Ich schlug die Hände vors Gesicht, als mir klar wurde, was ich getan hatte. Natürlich bemühten sich beide um mich und sagten immer wieder, es sei nicht meine Schuld. Nach ein paar Minuten nahm ich mich zusammen, und die Ärztin fragte David nach Bayleys nächsten Verwandten. »Seine Frau Alexandra«, sagte er und nannte ihre private Telefonnummer.
Wieso ich wusste, dass es ihre Privatnummer war? Ach,

ich habe noch nicht erwähnt, dass Alexandra und ich seit etwas mehr als einem Jahr ein Paar sind? Und dass Brian hartnäckig darauf bestand, wenn sie ihn verließe, würde er dafür sorgen, dass sie keinen Pfennig von ihm bekam? Und noch wichtiger, sie würde ihre Kinder nie wiedersehen?

Ich hoffe nur, dass die Verwechslung mit der Mayonnaise meinem Ruf als Gastronomin für den Feinschmecker-Partyservice nicht zu sehr schaden wird.

Abgekupfert

Da sich meine Eltern nicht allzu viel aus Religion machten, durfte ich unbelastet von den Schuldgefühlen einer katholischen Erziehung aufwachsen. Dann kam ich plötzlich in die Situation, mit Shelley zusammenzuarbeiten. Unsere Bürochefin sitzt einem ständig wie das personifizierte schlechte Gewissen im Nacken. Wenn sie ihre beiden Kinder im Teenageralter so behandelt wie mich, werden sie jahrelang Therapie machen müssen. »Wer spielt, muss dafür bezahlen«, sagte sie zuckersüß und schob mir zum dritten Mal einen Ordner mit einem neuen Fall herüber.

»Nur weil ich Computerspiele mache, heißt das noch lange nicht, dass ich auch mit den Spezialisten umzugehen weiß, die sie schreiben«, protestierte ich. Es war nur eine Notlüge. Obwohl meistens mein Geschäftspartner Bill Mortensen die Arbeit übernimmt, die mit Computern zu tun hat, bin auch ich nicht gerade eine Null, wenn es um Technik geht.

Ich schob den Ordner wieder zu Shelley hinüber. »Das ist was für Bill.«

»Bill hat zu viel zu tun. Das weißt du doch«, sagte Shelley. »Außerdem geht es hier eigentlich nicht um Software. Es geht entweder um Raubkopien oder Indu-

striesabotage, und das ist doch deine Stärke.« Der Ordner kam wieder zu mir zurück.
»Sealsoft ist doch Bills Kunde«, war mein letzter Versuch, Brannigan umzustimmen.
»Umso mehr Grund hast du, diese Firma kennenzulernen.«
Ich lenkte ein und nahm den Ordner. Shelley warf mir ein knappes Lächeln zu und wandte sich wieder ihrem Bildschirm zu. Der Tag wird kommen, an dem ich das letzte Wort habe. Warte nur, bis die Quadratur des Kreises gefunden ist. Auf meinem Weg aus der Tür und die Treppe hinunter blätterte ich in dem Ordner. Sealsoft war ein kleines Softwarehaus für Computerspiele in Manchester. Sie hatten in grauer Vorzeit, Mitte der achtziger Jahre, damit begonnen, Spiele zu entwerfen und Programme für eine breite Palette an Hardware zu schreiben. Manche der Computer, für die sie Spiele schrieben, waren nie für mehr als Textverarbeitung vorgesehen, aber Sealsoft hatte die Herausforderung angenommen und einige spaßige Sachen herausgebracht. Das erste Plattformspiel, das ich mit einem Textverarbeitungsprogramm gespielt habe, das inzwischen so altertümlich wie Fords Tin Lizzy wirkt, war ein Spiel von Sealsoft.
Sealsoft hatte nie den großen Namen der Branche Konkurrenz machen können, hatte sich aber irgendwie gehalten, und man war dort ab und an auf Ideen für anscheinend einfache Spiele gekommen, die dann Klassiker wurden. In den letzten ein oder zwei Jahren war es ihnen gelungen, hier und da eine Lizenz für Spiele

»zum Film« zu bekommen, und ihre letzte Errungenschaft war das neue Boys 'n' Toys-Epos mit Arnold Schwarzenegger und Bruce Willis. Aber jetzt, zwei Wochen, bevor das Spiel auf den Markt kommen sollte, hatten sie ein Problem. Und wo es Probleme gibt, wendet man sich, falls man Grips und genug Kleingeld hat, an Mortensen und Brannigan.
Ich sollte um zehn Uhr eine Besprechung mit dem Chef von Sealsoft haben. Gott sei Dank konnte ich zu Fuß hingehen, denn in der Gegend zu parken ist ein Abenteuer für unverbesserlich Leichtsinnige. Die Firma war in der ersten Zeit im obersten Stockwerk eines äußerst baufälligen Lagerhauses am Kanal untergebracht, das dann entkernt und in großflächige und kostspielige Studiowohnungen umgebaut wurde, wo Leute mit leicht kriminellen Neigungen Umgang mit denjenigen Jungs aus der Bankbranche haben, die sich gerade noch im Rahmen des Legalen bewegen. Sealsoft war in moderne, zwei Straßen vom Kanal entfernte Räume umgezogen, aber der Treidelpfad war trotzdem noch der kürzeste Weg von meinem Büro in der Oxford Road zu ihrem Betonkasten in Castlefield.
Fintan O'Donohoe hatte milchweiße Haut mit Sommersprossen, die so blass waren, als hätte er zuletzt irgendwann im neunzehnten Jahrhundert das Tageslicht gesehen. Er sah aus wie etwa siebzehn, was etwas verwirrend war, weil ich wusste, dass er schon seit der Gründung der Firma 1983 dabei war. Dazu stelle man sich rotgeränderte Augen vor: Ich fühlte mich plötzlich in *Interview mit einem Vampir* versetzt. Wir

saßen in seinem Büro ganz aus Chrom und schwarzem Leder und hielten unsere Drinks, eine Designerkombination aus Wasser, Kräutern und Fruchtsäften, in der Hand.

»Nennen Sie mich Fin«, sagte er in reinstem Manchester-Dialekt.

Ich widerstand dieser Aufforderung. Es hatte an diesem Tag schon Schwierigeres gegeben. »Ich höre, Sie haben Schwierigkeiten«, sagte ich.

»So würde ich es nicht nennen«, seufzte er. »Eine Riesenkatastrophe droht über uns hereinzubrechen, so sieht's aus. Wir haben einen Knüller, mit dem wir richtig Geld machen könnten und der bald raus soll, aber plötzlich ist unser ganzer Laden bedroht.«

»Wodurch?«

»Es fing vor ungefähr sechs Wochen an. Zuerst waren es nur ein oder zwei, aber in den letzten paar Tagen sind wir bei fast sechzig. Es ist ein Alptraum«, sagte O'Donohoe ernst, beugte sich vor und spielte nervös mit einem Bleistift.

»Worum geht es denn genau?« Vielleicht hatte er ja nichts Besseres vor, als lange drum herum zu reden, aber bei mir sah das anders aus. Außerdem wartete im Atlas Café schon ein Cappuccino auf mich.

»Kopien unserer Spiele in der richtigen Verpackung, mit den richtigen Handbüchern, Garantiekarten und allem anderen werden zurückgeschickt, weil die Käufer die Disketten in ihre Computer schieben und feststellen, dass sie total leer sind. Es ist absolut nichts drauf. Es sind nur stinknormale, vorformatierte, No-name

3,5-Zoll-Disketten.« Er warf sich schmollend wie ein Fünfjähriger in seinen Stuhl zurück.
»Hört sich nach Raubkopierern an«, sagte ich. »Gerissene Händler, die Ihre Verpackung kopieren und dann irgend'n Mist reinstecken.«
Er schüttelte den Kopf. »Das war auch mein erster Gedanke. Aber so gehen Raubkopierer nicht vor. Sie knacken den Kopierschutz, machen Hunderte von Kopien des Programms und packen sie in ziemlich schlampig nachgemachte Kopien der Schachtel. Hier ist es gerade umgekehrt. Es ist überhaupt kein Spiel drin, aber die Schachtel ist perfekt. Weil es unsere eigene Verpackung ist.« Er zog eine Schreibtischschublade auf und holte eine Schachtel von ungefähr 20 mal 25 Zentimeter Größe und etwa 5 Zentimeter Höhe heraus. Auf dem Deckel war auf geprägter Silberfolie der Todeskampf zwischen einem Ork und einem menschlichen Wesen abgebildet. O'Donohoe öffnete die Schachtel und schüttelte ein Handbuch zum Spiel, ein Heftchen mit der Story, vier numerierte Disketten und eine Garantiekarte heraus. »Haargenau bis zum Hologrammsiegel auf der Garantiekarte, sehen Sie«, erklärte er.
Ich beugte mich vor, nahm die Karte und drehte zur Prüfung das Hologramm nach oben. Er hatte recht. Wenn es hier um Raubkopien ging, hatte ich jedenfalls noch nie eine so gute Qualität gesehen. Und wenn die Fälscher eine Verpackung so gut nachmachen konnten, war ich verdammt sicher, dass sie auch das Spiel hätten kopieren können.

Warum also die Kombination von 1A-Verpackung und leeren Disketten? »Verrückt«, sagte ich.
»Aber echt.«
»Kommt das auch bei Ihren Konkurrenten vor?«
»Nicht, dass ich wüsste. Und ich glaube, ich hätte mit Sicherheit davon gehört.«
Es sah aus, als bezahlte einer von Sealsofts Konkurrenten einen Insider dafür, dass er O'Donohoes Betrieb ruinierte.
»Wo kaufen die Kunden die Spiele? An Marktständen?«, fragte ich.
Mit gesenktem Kopf sagte O'Donohoe: »Nein.« Zum ersten Mal bemerkte ich die dunklen Schatten unter seinen Augen. »Sie kommen hauptsächlich über die Händler an uns zurück, aber manche auch direkt.«
»Was für Händler? Einzelhändler oder Ketten?« Ich saß jetzt nach vorn gebeugt und war fasziniert. Was nach einem langweiligen Routinecheck geklungen hatte, wurde von Minute zu Minute interessanter. Man mag mich für seicht und oberflächlich halten, aber ich liebe es nun mal, wenn es bei der täglichen Arbeit ein bisschen Aufregung gibt.
»Hauptsächlich von ziemlich kleinen Einzelhändlern, aber manchmal bekommen wir jetzt auch Reklamationen von den großen Ketten. Wir haben auch mit ziemlich vielen Kunden Kontakt aufgenommen und erfahren, dass die Spiele fest in Plastik verschweißt waren, als sie sie kauften.«
Ich sank enttäuscht gegen meine Stuhllehne zurück. Die Plastikverschweißung war der Knackpunkt.

»Es ist ein internes Problem«, sagte ich geradeheraus. »Industriesabotage.«
»Auf keinen Fall«, sagte O'Donohoe plötzlich mit zwei roten Flecken auf seinen Wangen.
»Es tut mir leid. Ich weiß, dass kein Arbeitgeber so etwas gern hört. Aber es kommt ganz klar aus dem internen Bereich.«
»Das kann nicht sein«, wies er mich brüsk zurecht. »Hören Sie, ich bin nicht blöd. Ich bin schon eine Weile im Geschäft und kenne die Kniffe. Ich weiß, wie das mit Raubkopien läuft und sichere mich dagegen ab. Unsere Schachteln werden an einer Stelle, unsere Booklets an einer zweiten und unsere Garantiekarten an einer dritten Stelle bedruckt. Die Disketten werden hier im Haus auf Material kopiert, auf dem bereits unser Logo und der Name des Spiels steht. Man könnte also nicht einfach ein paar leere wie diese hier hineinschmuggeln«, sagte er verächtlich und warf die Disketten auf seinen Schreibtisch.
»Wo kommt alles zusammen?«, fragte ich.
»Wir sind eine kleine Firma«, antwortete er unverbindlich. »Aber das ist nicht der einzige Grund, weshalb wir manuell statt am Fließband verpacken. Ich weiß, wo wir anfällig für Sabotage sind, und ich habe die Schwachpunkte abgesichert. Die Schachteln werden in einem Raum hinter der Versandabteilung verpackt und in Klarsichtfolie verschweißt.«
»Dann sitzt Ihr Saboteur dort.«
Er verzog die Lippen. »Ich glaube kaum. Dort habe ich nur zwei Arbeiterinnen. Bei Sealsoft hatten wir immer

die firmeninterne Regel, Freunde und Familienmitglieder zu beschäftigen. Die Packerinnen sind meine Mutter und ihre Schwester, meine Tante Geraldine. Sie würden jeden umbringen, der versuchen würde, in diesem Unternehmen Sabotage zu betreiben, das garantiere ich Ihnen. Wenn sie nicht arbeiten, ist die Tür mit zwei Schlössern gesichert. Nicht einmal den Gemeindepriester würden sie da reinlassen, glauben Sie mir.«
»Was soll ich denn nun genau für Sie tun?«, fragte ich.
»Ich möchte nicht, dass Sie meine Angestellten ausfragen«, sagte er gereizt. »Abgesehen davon überlasse ich alles Ihnen. Sie sind die Ermittlerin. Finden Sie heraus, wer Sand ins Getriebe streut, und dann kommen Sie wieder und sagen mir, wer es war.«
Als ich zehn Minuten später Sealsoft verließ, hatte ich nur eine Liste der Kunden und Firmen in der Hand, von denen Sealsoft-Spiele zurückgekommen waren, sowie Einzelheiten darüber, wer was zurückgegeben hatte. Ich war immer noch ziemlich sicher, dass der Bösewicht eher innerhalb der Firmenmauern als draußen saß, aber mein Kunde ließ mich nicht in die Nähe seiner lieben katholischen Mutter und von Tantchen Geraldine. Ich kann nicht behaupten, dass ich es ihm übel nahm.
Mit den großen Ketten anzufangen, hielt ich für nicht sonderlich sinnvoll. Selbst wenn etwas faul war, waren sie die Letzten, von denen ich Unterstützung bei der Untersuchung erwarten konnte. Bei Arbeitslosenzahlen in siebenstelliger Höhe würden die Angestellten mir bestimmt nichts sagen, was sie ihre Stelle kosten konn-

te. Ich saß im Atlas bei dem Kaffee, den ich mir selbst versprochen hatte, und sah die Namensliste durch. Auf den ersten Blick kannte ich keines der Geschäfte, von denen die Computerspiele vertrieben worden waren. Wir kauften alle Geräte und Verbrauchsartikel im Versandhandel, und der einzige Laden, den wir von dringenden Notfällen her kannten, war früher im Erdgeschoss unseres Bürogebäudes gewesen, bevor dort ein Supermarkt eröffnet wurde.

Es war Zeit, sich von einem Experten helfen zu lassen. Ich zog mein Handy heraus und rief Gizmo an, meinen vernünftigen, wenn auch leicht zwielichtigen Hacker. Tagsüber arbeitet er als Systemverwalter für die Telecom. Aber nachts wird er zum Meisterspion des Cyberspace. Oder jedenfalls behauptet er das. »Giz? Kate hier.«

»Es ist nicht sicher, mich unter dieser Nummer anzurufen«, brummte er. »Das müsstest du doch wissen.«

»Kein Problem. Es ist nichts Geheimes. Kennst du jemanden, der für einen dieser Läden arbeitet?« Ich fing an, die Liste vorzulesen, und nach jedem Namen brummte er verneinend. Als wir die halbe Liste durchhatten, stoppte er mich.

»Warte mal. Der letzte, war das Epic PC?«

»Kennst du dort jemand?«

»Ich nicht, aber du. Es ist Mr. Wieheißtdernoch, der komische Kauz, der früher ein Geschäft unter eurem Büro hatte.«

»Deke? Er hat Pleite gemacht, oder?«

»Stimmt. Der war abgebrannt. Hat Konkurs angemel-

det und eine Woche später in Prestwich Village ein neues Geschäft aufgemacht, oder? Das ist sein Laden. Epic PC. Ich erinnere mich daran, weil ich den Namen so beschissen fand. War's das?«
»Das ist prima, Giz.« Am anderen Ende war schon niemand mehr. Ich mag Männer, die meine Zeit nicht verschwenden. Also trank ich meine Tasse aus, ging die Stufen zur Deansgate Station hinunter und nahm die nächste Straßenbahn nach Prestwich.
Epic PC war ein kleiner Laden in der Hauptgeschäftsstraße. Ich erkannte die Plakate für Sonderangebote wieder. Deke Harper schien keine neuen Ideen zu haben, mit denen er Epic PC vor dem Schicksal des Vorgängers würde bewahren können. Ich stieß die Tür auf und vernahm ein elektrisches Summen in der stickigen Luft. Deke saß an einem PC mitten in dem langen Raum, der mit Hard- und Software vollgestopft war, und seine Finger liefen klappernd über die Tastatur. Er war wohlgeübt in der Kunst, beschäftigt auszusehen. Nach dem Summen ließ er fünf Sekunden verstreichen, bis er den Blick vom Bildschirm abwandte. Als er merkte, wer seine Kundin war, hob er die Augenbrauen im schmalen Gesicht. »Hallo«, sagte er unsicher, schob seinen Stuhl zurück und stand auf. »Ein seltener Gast.«
»Glauben Sie mir, Deke, es wird gleich noch seltsamer«, sagte ich trocken.
»Ich wusste nicht, dass Sie hier in der Gegend wohnen«, sagte er nervös und drückte, als ich mich näherte, auf eine Taste, damit alles vom Bildschirm verschwand.
»Tu ich auch nicht«, sagte ich. Manchmal macht es eben

mehr Spaß, zu warten, bis die Leute auf einen zukommen.
»Dann sind Sie also zufällig hier vorbeigekommen?«
»Nein.« Ich lehnte mich an seinen Schreibtisch. Sein Blick zuckte zwischen mir und seinem leeren Bildschirm hin und her.
»Brauchen Sie etwas für Ihren Computer? Ein paar Disketten?«
»Drei Fragen auf einmal, Deke. Sie haben verloren. Jetzt bin ich an der Reihe. Ich bin hier wegen dieser gefälschten Computerspiele, die Sie verkaufen. Wo kommen die eigentlich her?«
Plötzlich trat eine dünne blaue Ader an seiner Schläfe hervor. »Ich weiß nicht, was Sie meinen«, sagte er etwas zu lässig. »Welche gefälschten Computerspiele?«
Ich zählte ein halbes Dutzend Sealsoft-Spiele auf. »Ja, ich verkaufe sie, sicher«, sagte er abweisend. »Aber sie sind nicht getürkt. Sehen Sie, hier hab ich Rechnungen dafür«, fügte er hinzu, drängte sich an mir vorbei und riss eine Schublade auf. Er zog einen Hefter mit losen Blättern heraus und ging sie so schnell durch, dass manche einrissen, bis er bei dem Stoß Rechnungen von Sealsoft ankam.
Ich nahm ihm den Hefter ab, ging zu den Regalen hinüber und zählte. »Nach dem was hier drinsteht, Deke, haben Sie sechsmal Sheer Fire II gekauft, als es letzten Monat rauskam.«
»Stimmt. Und jetzt sind nur noch fünf da, richtig? Eins hab ich verkauft.«
»Falsch. Sie haben mindestens drei verkauft. So viele

Ihrer Kunden haben nämlich die Sheer-Fire-II-Verpackung an Sealsoft zurückgegeben – mit leeren Disketten drin. Könnten Sie das vielleicht mal erklären? Oder soll ich die netten Leute vom Gewerbeaufsichtsamt anrufen?«, fragte ich betont höflich. »Für so was kann man heutzutage in den Knast kommen, oder?«, fügte ich nebenbei noch hinzu.

Eine halbe Stunde später saß ich draußen vor Epic PC am Steuer von Dekes sechs Jahre altem Mercedes und wartete auf einen Typ, den er nur als Jazbo kannte und der auf seinen Handyanruf hin auftauchen sollte. Es ist erstaunlich, was die Leute alles tun, wenn man ihnen einen kleinen Anreiz gibt. Nach Dekes Beschreibung erkannte ich Jazbo sofort. Etwas kleiner als 1,85, Jeans, Turnschuhe und eine Bomberjacke mit der Aufschrift Chicago Cubs. Und Tony Blair beklagt sich über das Merchandising von Manchester United. Immerhin sind die doch von hier.

Er stieg aus der zerbeulten Kiste eines jungen Möchtegern-Rennfahrers und hielt eine Einkaufstüte, in der sich schachtelförmige Umrisse abzeichneten. Ich machte zwei Schnappschüsse mit der Kamera aus meinem Rucksack. Jazbo betrat Epic PC und war innerhalb von fünf Minuten schon wieder draußen. Wir fuhren über die Bury New Road in die Stadt zurück, und ich blieb dicht hinter ihm, mit nur einem Auto zwischen uns. Wir umgingen die Stadtmitte und fuhren nach Osten. Jazbo parkte schließlich in einer der wenigen, noch verbliebenen Straßen mit Reihenhäusern in Gorton und ging in eines der Häuser. Ich schrieb mir die Adresse auf und fuhr mit Dekes Mercedes nach Prestwich zurück, bevor er bei dem Gedanken, dass ich in seinem Auto herumfuhr, allzu nervös wurde.

Am nächsten Morgen war ich kurz vor sieben wieder vor Jazbos Haus. Nach meiner Erfahrung sind Gauner Frühaufsteher. Im Wählerverzeichnis waren als Bewohner dieses Hauses Gladys und Albert Conway eingetragen. Ich vermutete, dass die Information auf dieser Liste ziemlich veraltet war. Mit diesen Namen hätten sie Jazbos Großeltern sein können, aber wahrscheinlicher war es, dass er das Haus übernommen hatte, nachdem die Conways gestorben waren oder sie ein Schicksal ereilt hatte, das schlimmer ist als der Tod: ein Altenheim.

Etwa fünf nach sieben erschien mein Mann wieder. Jetzt war weniger Verkehr, aber es gelang mir, ihm bis in die Stadtmitte auf den Fersen zu bleiben, wo er auf einer Laderampe hinter Deansgate parkte und durch die Hintertür in ein Geschäft ging.

Ich riskierte es, mein Auto auf einer gelben Parkverbotslinie stehen zu lassen, ging zur Vorderseite der Ladenzeile und zählte bis zu dem Haus zurück, in das Jazbo gegangen war. JJ's Sandwichbar. Wieder hatte ein Puzzleteil seinen Platz gefunden.

Durchs Fenster sah ich den weißgekleideten Jazbo ab und zu zwischen hohen Kühlschränken und Arbeitstischen hin und her gehen. Ein- oder zweimal kam er am Hintereingang des Ladens mit Tabletts voll ordentlich verpackter und mit Preisschildern versehener Brötchen vorbei, die er in den Kühlschränken verstaute. Ich

dachte, er dürfte damit noch ein paar Stunden beschäftigt sein, und machte mich zum Büro auf, bevor die Politessen ihre Spielchen begannen.
Kurz nach zwei war ich zurück. Ich fuhr so lange um den Block, bis jemand in der kleinen Straße hinter dem Sandwichladen einen Platz an einer Parkuhr freimachte, von dem aus ich den Hinterausgang gut sehen konnte. Jazbo erschien kurz nach drei in seiner heißen Kiste, was mir gut passte, weil ich sowieso kein Kleingeld mehr für die Parkuhr hatte. Ich blieb im Zentrum direkt hinter ihm und ließ dann hinter Salford Quays ein bisschen Abstand zwischen uns entstehen, als er in das Gewerbegebiet um den Trafford Park herum einbog. Er hielt vor einem kleinen Gebäude, auf dessen Fassade ein buntes Hexenhaus aufgemalt war und in dem er verschwand.
Ungefähr fünfzehn Minuten später kam er mit einem Einkaufswagen wieder heraus, der bis oben mit Schachteln für Computerspiele gefüllt war. Ich stand vor einem Rätsel. Meine Theorie, woher die Schachteln kamen, hatte sich gerade erledigt. Ich hasse es, mich zu irren. Lieber würde ich verstopfte Toiletten wieder flottmachen. Ich ließ Jazbo wegfahren und ging dann in das Hexenhäuschen. Zehn Minuten später hatte ich alle Antworten.

Fintan O'Donohoe schien beeindruckt, als ich ihm meine Mappe vorlegte. Jazbos Adresse, Foto, Telefonnummer, Autonummer und Arbeitsplatz würden mehr als genug sein, um ihn der Polizei auf einem silbernen

Tablett zu servieren. »Wie kommt der Typ also an die Sachen?«, wollte er wissen.

»Als erstes fiel mir die Folienverpackung auf. Ich dachte, es wäre jemand in Ihrer Versandabteilung. Als ich dann herausfand, dass er in einem Sandwichimbiss arbeitet, war mir klar, dass er dessen Schweißmaschine und Frischhaltefolie benutzte, um seine Schachteln zu verpacken. Das ließ die Frage offen, woher er die Schachteln hat. Sie haben ausgeschlossen, dass es jemand innerhalb der Firma sein könnte, deshalb vermutete ich, er hätte vielleicht einfach die Abfalleimer nach weggeworfenen Verpackungen durchwühlt. Aber ich täuschte mich. Haben Sie jemals von einer Wohlfahrtseinrichtung gehört, die sich Gingerbread House nennt?«

O'Donohoe runzelte die Stirn. »Nein. Muss man die kennen?«

»Ihre Mutter kennt sie jedenfalls«, sagte ich. »Und ich vermute, Jazbos Mutter, Freundin oder Schwester auch. Es ist eine Wohlfahrtsorganisation, die von Nonnen geführt wird. Sie gehen zu Firmen und bitten um Reste und Abfälle, die sie billig an Schulen und Theatergruppen verkaufen. Sie sammeln alles Mögliche, Stoffreste, Überbleibsel von Bungeeseilen, schöne Papierreste, Tapetenkataloge, Lametta, Plastikplatten, Schmierpapier. Alles Mögliche, was immer man für Schulprojekte oder Theaterkostüme brauchen kann.«

Fintan O'Donohoe stöhnte und schlug die Hände vors Gesicht. »Sie meinen doch nicht etwa …«

»Sie waren vor ein paar Monaten hier und Ihre Mutter

erklärte ihnen, dass hier nicht produziert wird und es deshalb kaum Abfälle gebe. Aber es gab Schachteln von Spielen, die zurückgeschickt wurden, weil sie irgendwie schadhaft waren. Die Disketten und normalerweise auch die Schachteln und Anleitungen wurden weggeworfen. Aber wenn die Nonnen die Schachteln und ihren Inhalt brauchen könnten ... Seit damals haben Ihre Mutter und Ihre Tante Geraldine alle vierzehn Tage diese Sachen abgegeben.«

Er sah mit einem schwachen, ironischen Lächeln zu mir auf. »Und ich war so sicher, dass es nichts mit meiner Mum zu tun haben konnte!«

»Sagt man nicht, dass Wohltätigkeit zu Hause anfängt?«

Auftrag ausgeführt

Es würde mir viel leichter fallen, an Therapeuten zu glauben, wenn sie neben dem inneren Kind, den inneren Eltern, Lehrern und Waschmaschinenmechanikern auch die Existenz des inneren Angebers anerkennen würden. Egal, wie sehr wir uns bemühen, gepflegt und gebildet zu sein, unser innerer Angeber wird uns immer wieder in die Quere kommen. Er ist die treibende Kraft hinter Prinz Charles' Manschettenknöpfen und der Auslöser für Hugh Grants Sexeskapaden.

Ich habe eine Schwäche mit Prinzessin Diana gemein. Nein, ich meine nicht das ewige Herummeckern, das zu erwähnen wäre ja indiskret. Ich meine Autos. Aber mein geheimes Verlangen gilt nicht den großen Mercedes-Limousinen oder turbogetriebenen Bentleys, sondern vielmehr den knalligen Cabriolets, katzenhaft eleganten Coupés, bei deren Anblick den Jungs an den Straßenecken das Wasser im Mund zusammenläuft. Tragischerweise muss dies für mich zur Zeit ein Traum bleiben – wie Sex für Männer mit extra-extra-extragroßen Bierbäuchen. Denn meine Karriere als Privatdetektivin Kate Brannigan hat den einen großen Nachteil, dass mir auf den gefährlichen Straßen der Stadt

Manchester nur Anonymität, aber niemals Extravaganz erlaubt ist.
Aber man darf ja wohl noch träumen. Als mir Gerry Banks erzählte, sein BMW Z3 Sportzweisitzer, damals einer von nur einem halben Dutzend im ganzen Land, sei abhanden gekommen, begriff ich, warum er darüber sprach, als sei ihm ein besonders nahestehendes, geliebtes Familienmitglied gestorben. Es hatte ihn ein halbes Vermögen gekostet, den Wagen vor dem offiziellen Verkaufsdatum zu bekommen, und wenn er vorbeifuhr, drehten sich alle nach ihm um. Hätte ich das Glück gehabt, eines dieser kleinen Prachtstücke zu besitzen, dann hätte ich wahrscheinlich die Wand zum Schlafzimmer durch ein hochklappbares Tor ersetzen lassen, damit ich bei der Kiste hätte schlafen können. Und wenn irgendein Schwein meinen Schatz gestohlen und versteckt gehalten hätte, um Lösegeld zu erpressen, dann hätte ich jeden Detektiv des Königreichs beauftragt, um meinen Liebling wieder zurück zu mir nach Hause zu holen.
Banks hatte mir seinen Schmerz hinter den verschlossenen Türen seines Büros offenbart, einem nüchternen Kasten im oberen Stockwerk einer neu erbauten Fabrik, in der seine Firma elektronische High-Tech-Teile herstellte. Zum Beispiel die Chips, die Ihrem Trockner genau anzeigen, wann er Ihr Lieblingshemd ruinieren soll. Die Aussicht auf die in der Nähe verlaufende M62 konnte man allenfalls als langweilig bezeichnen. Aber wenn man dann wie Gerry Banks nur eine Lücke auf dem Parkplatz sah, dort, wo eigentlich sein roter Sport-

wagen hätte stehen sollen, musste einem diese Aussicht das Herz brechen.

»Ich nehme an, das ist der Tatort«, sagte ich und trat neben ihn ans Fenster.

Er zeigte auf den leeren Platz neben der Tür, und die glatten Züge seines dicklichen Gesichts legten sich in Falten. »Scheißkerl«, sagte er nur.

Ich wartete ein paar Minuten, wie man es tut, um einem Toten Respekt zu erweisen. Als ich sprach, war meine Stimme sanft. »Ich werde alle Informationen brauchen.«

»In Ordnung«, sagte er, drehte sich um und warf sich verzweifelt in seinen Chefsessel aus schwarzem Leder. Mir blieb nur die stinknormale Besucherversion aus dunkelgrauem Tweed mit Stahlgestänge, damit mir auf jeden Fall klar war, wer hier das Sagen hatte.

»Erzählen Sie mir alles von Anfang an«, forderte ich ihn auf, als er keine Anstalten machte, sich weiter zu äußern.

»Er ist am Dienstagvormittag um neun hier aufgetaucht, sagte, sein Name sei John Wilkins und er hätte einen exklusiven Reinigungs- und Wartungsservice für Autos. Er gab mir eine Geschäftskarte und eine Hochglanzbroschüre. Darin stehen ein halbes Dutzend erstklassige Geschäftsleute aus Manchester, die bezeugen, welch ausgezeichneten Service dieser Auto-Verwöhnservice bietet.« Seine Stimme klang weinerlich, aber er strengte sich an, nicht als der Obertrottel angesehen zu werden, der er tatsächlich war. Er schob mir ein gefaltetes DIN-A-4-Blatt hin, auf dem eine Geschäftskarte lag. Ich warf einen kurzen Blick darauf, mehr lohnte sich nicht. Jede kleine Druckerei konnte so etwas liefern.

»Sie haben ihn also Ihren Wagen zum Waschen mitnehmen lassen?«

Er nickte. »Ich gab ihm die Schlüssel, und er versprach, ihn bis Geschäftsschluss zurückzubringen. Aber das hat er nicht getan.« Die Muskeln am Kieferknochen spannten sich.

»Und dann haben Sie das Fax bekommen?«

Er sah weg, offensichtlich, um nach einem Stück Papier zu suchen, dabei wusste ich genau, dass er es in der Hand hielt. »Hier«, sagte er.

»Wir haben Ihren Wagen. Halten Sie Freitag um diese Zeit 10 000 Pfund bereit. Ein fairer Tausch ist kein Diebstahl. Keine Polizei, oder das Auto wird so beschädigt, dass sich die Abschreibung nicht ganz lohnt. Mit freundlichen Grüßen, Ihr Auto-Abstaubservice«, las ich. Ein Gauner mit Humor. »Der Preis scheint mir ziemlich gepfeffert«, sagte ich. »Ich dachte, der Z3 kostet neu nur zwanzigtausend.«

»Wenn man an einen rankommt. Sie kommen offiziell erst im Januar auf den Markt, und die Wartezeit beträgt jetzt schon zwei Jahre. Auch mit Geld lässt sich ein Ersatz nicht beschaffen. Ich hab kein Interesse an irgend einem 08/15-Schlitten. Wissen Sie, wo ich wohne? Nicht in irgend so 'ner abscheulichen Siedlung für Manager. Ich lebe in einer umgebauten Kapelle aus dem sechzehnten Jahrhundert. Das gibt's nur einmal auf der Welt. Auf der ganzen Welt. Ich will meinen Wagen wiederhaben, verstanden? Ohne einen Kratzer dran«, sagte Banks, und seine wiedererwachten Führungsqualitäten begannen sich, trotz seines Kummers, langsam zu zeigen. »Ich habe das Geld morgen nachmittag hier, und ich will, dass Sie sich um die Übergabe kümmern. Schaffen Sie das?«

Ich bin so daran gewöhnt, dass mich Geschäftsleute mittleren Alters mit einem Blick auf meine 29 Jahre und einssechzig Körpergröße bloß als Mädchen für alles behandeln, dass meine Brannigan-Skala der Empfindlichkeiten kaum noch Empörung registriert. »Ich schaff das«, sagte ich sanft. »Aber wollen Sie nicht lieber das Auto zurückbekommen und das Geld behalten?«

»Meinen Sie, das bringen Sie fertig? Ohne den Wagen in Gefahr zu bringen?«

Ich sah ihn mit meinem starren, von Al Pacino abgeguckten Blick an und sagte: »Ich kann's versuchen.«

Wie Journalisten sind auch Privatdetektive nur so gut wie ihre Quellen. Leider sind die besten Informanten oft genau jene Leute, die Ihre Mutter kaum bis zur Türschwelle und schon gar nicht ins Haus lassen würde. Wie mein Autoschlosser Handbrake, »die Bremse«. Er ist kein gewöhnlicher Schmiermaxe. Er hat sein Handwerk gelernt, als er die Kisten für eine ganze Serie perfekt durchgeführter Fluchtaktionen frisierte, nachdem seine Kumpels 'ne Bank um ein paar Bündel erleichtert hatten, von denen man dort gar nicht gewusst hatte, dass sie eigentlich überflüssig waren. Nur einmal wurde er erwischt. Aber das reichte.

Als er wieder auf freiem Fuß war, hatte er irgendwo in einer kleinen Straße eine Werkstatt aufgemacht und wurde ein ehrlicher Mann. Ziemlich ehrlich jedenfalls. Aber er kannte sich noch immer mit den Personalien der Spieler auf der anderen Seite des Zauns aus und sorgte nicht nur immer dafür, dass mein Auto äußerlich unscheinbar, aber schneller als ein geölter Blitz war, sondern er gab mir hin und wieder einen Tip zu Themen, die mich vielleicht interessierten. Für sein Gewissen war das besser, als wenn er es Wachtmeister Dibble erzählt hätte. Er nahm endlich ab, als ich schon fast aufgeben wollte.
»Hm?« Er war kein Mann, der Zeit oder Geld für etwas so Unwesentliches wie Gespräche verschwendete.
»Handbrake, hier Brannigan.« Sein Konversationsstil hatte mich angesteckt. »Ich hab da 'nen Kunden, dem ein BMW Z3 geklaut worden ist und der dafür Lösegeld zahlen soll. Der Typ nennt sich John Wilkins, Auto-Verwöhnservice. Irgend 'ne Idee?«
»Namen kenn ich nich, aber's hat schon ein, zwei Cliquen gegeben, die so was probiert haben«, sagte er. »Ein Z3, sagen Sie? Ich hab gedacht, die gibt's hier drüben noch gar nicht.«
»Nur 'n paar, sagt der Kunde.«
»Aha. Seltenheitswert, deshalb ist er sein Lösegeld wert. Sonst kann man's vergessen, es ist billiger, das Auto aufzugeben und sich das Geld von der Versicherung zu holen. Ich frag mal rum und unterhalt mich mit denen, die wie immer in Frage kämen, mal sehen, was man so hört.«
Ich ließ den Motor an und legte den Gang ein, und

ungefähr zur selben Zeit kam auch mein Grips wieder in Gang. Ein paar Minuten später grinste ich die Vorzimmerdame von Gerry Banks zum zweiten Mal an diesem Morgen an.

»Ich bin's schon wieder«, sagte ich munter. Es gibt keine bessere Methode, als das Offensichtliche zu konstatieren, um dem Opfer, auf das man es mit seinen Fragen abgesehen hat, ein Gefühl der Überlegenheit zu geben.

»Mr. Banks hat eine Besprechung mit einem Kunden«, sagte sie in dem gelangweilten Tonfall, den man beherrschen muss, bevor man sich als Empfangsdame ausbilden lassen darf.

»Eigentlich wollte ich kurz mit Ihnen sprechen.« Ich lächelte zuvorkommend.

Sie sah konsterniert aus. Offenbar hatte ich mich einer Taktik bedient, die ihr nicht geläufig war. »Weshalb?«

»Mr. Banks hat mich beauftragt, zu versuchen, seinen Wagen zurückzubekommen«, sagte ich. »Kann ich Sie kurz etwas fragen?«

Sie zuckte mit den Schultern.

»Als der Typ von der Wartungsfirma erschienen ist, hat er da gefragt, wem der Z3 gehört?«

Sie schüttelte den Kopf. »Er fragte, ob er fünf Minuten mit Mr. Banks über die Pflege seines Roadsters reden könnte. Ich drückte auf den Knopf und schickte ihn zu Mr. Banks rein.«

»Hat er genau das gesagt? Sagte er Roadster?«

»Stimmt. Genauso hat Mr. Banks den Wagen immer genannt.«

Ich hatte befürchtet, dass sie das sagen würde.

Ich wurde gerade zu meinem Steuerberater hineingeführt, als Handbrake mich zurückrief. Josh winkte mich zu einem der bequemen Ledersessel hin, während ich versuchte, mein Handy aus der Handtasche und ans Ohr zu bekommen.

»Sie haben ein Problem, das ich nicht lösen kann«, sagte Handbrake. »Wer immer das Auto des Kunden hat, ist entweder nicht aus unserer Gegend oder ein Neuer. So neu, dass ihn niemand kennt.«

»Ich hatte irgendwie das Gefühl, dass Sie mir das sagen würden«, antwortete ich. »Aber Sie haben was gut bei mir.«

»Ich schreib's bei der nächsten Wartung mit auf die Rechnung.«

Ich legte auf. Es fing an, immer mehr nach einer persönlichen Sache auszusehen. »Drink?«, fragte Josh mitfühlend.

»Ich will mich nicht lange aufhalten. Nur ein schneller Überfall. Gerry Banks, Compuponents. Wer hat was gegen ihn?«

Das Einzige, was Gerry Banks Haus und die Wohnung, auf deren Klingel ich drückte, gemeinsam hatten, war, dass beide umgebaut waren. Irgendwie konnte ich mir meinen Kunden in einer schmuddeligen Mausefalle wie diesem alten Haus in einem abgelegenen Viertel zwischen den Curry-Restaurants von Rushhole und den Straßenmädchen von Whalley Range überhaupt nicht vorstellen.

Schließlich kam eine Frau von Anfang dreißig in einem

schlabberigen Chenillepullover und Jeans an die Tür, die so ausgeblichen waren wie die Farbe ihrer Augen. Das dunkelblonde Haar war lose zu einem Pferdeschwanz zusammengebunden. Sie hatte die Art von Gesicht, bei dessen Anblick die Männer das schon erhobene Bierglas wieder absetzen. »Ja?«, fragte sie.

»Tania Banks?«

Sie legte den Kopf leicht zur Seite und zwei kleine Falten erschienen zwischen den perfekt gepflegten Augenbrauen. »Wer will das wissen?«

Ich streckte ihr in Augenhöhe eine Visitenkarte entgegen. »Ich komme wegen des Wagens.«

Alle Lebhaftigkeit verschwand aus ihrem Gesicht, so wie alle Luft entweicht, wenn man in einen Reifen sticht. »Ich habe keinen Wagen«, sagte sie kalt mit heiserer Stimme.

»Ihr Mann auch nicht.«

Sie verzog einen Mundwinkel. »Ich habe nichts zu sagen.«

Ich zuckte die Achseln. »Wie Sie möchten. Ich dachte, wir könnten die Polizei aus dem Spiel lassen, aber wenn Sie es so haben wollen …«

»Sie machen mir keine Angst«, log sie.

»Ich vielleicht nicht, aber ich bin sicher, Ihr Mann kennt Leute, die das könnten.«

Ihre Schultern fielen herab, und ihr Mund wurde schlaff, sie gab sich geschlagen. »Kommen Sie rein.«

Obwohl die voll aufgedrehte Gasheizung laut zischte, war es in der Einzimmerwohnung kälter und feuchter als auf der Straße draußen. Sie setzte sich auf die Bettkante und überließ mir den Stuhl. »Sie haben ihn vor drei Monaten verlassen«, sagte ich.

»Ich hatte es satt, allen Leuten leid zu tun. Ich hatte es satt, dass er immer nur nach Hause kam, wenn seine neueste Geliebte verreist war, weil sie Termine bei einer Modenschau hatte«, seufzte sie und zündete sich eine billige Zigarette an.

»Und Sie wollten Ihr eigenes Leben. Deshalb haben Sie das Fernstudium in Jura gemacht«, sagte ich.

Ihre Augenbrauen zitterten. »Ich habe das Studium abgeschlossen und gerade mit dem einjährigen Referendariat angefangen, das man als Rechtsanwalt braucht.«

»Sie bekommen kein Stipendium.« Manche meiner besten Freunde sind Rechtsanwälte, ich kenne mich da aus. »Die Studiengebühren belaufen sich auf etwa viereinhalbtausend Pfund. Außerdem brauchen Sie Geld zum Leben. Sie hofften, das würde Ihnen nach der Scheidung zugesprochen. Aber es gibt ein Problem, nicht wahr?«

»Sie sind gut informiert«, sagte sie.

»Das ist mein Beruf. Er ist sehr clever bei Geldanlagen, Ihr Mann. Auf dem Papier sieht alles korrekt aus. Der Wagen, das Haus, alles gehört der Holdinggesellschaft im Ausland. Er bekommt ein monatliches Gehalt von nur ein paar hundert Pfund. Für alles andere zahlt die Firma. Und es ist alles vollkommen legal. Es steht nach den Unterlagen fest, dass er es sich nicht leisten kann, Ihnen auch nur einen Pfennig zu zahlen. Deshalb haben Sie sich entschlossen, Ihren Anteil nach der Scheidung auf etwas ungewöhnliche Weise herauszuholen.«

Sie wandte den Blick ab und sah auf ihre Hand mit der Zigarette. »Zehntausend – das ist ein Bruchteil dessen, was mir zusteht«, sagte sie leise. Dass sie ihre Schuld eingestand, führte bei mir nicht zu dem sonst gewöhnten Adrenalinstoß. Sie seufzte noch einmal. »Sie können sich nicht vorstellen, was ich die Jahre über durchstehen musste.«

Ohne irgendwelche Skrupel legte ich Gerry Banks meine Abrechnung vor. Ich hatte seinen Auftrag ausgeführt und fand, er sollte mir dankbar sein. Er hatte mich gebeten, die Übergabe in die Hand zu nehmen und darauf zu achten, dass er seinen Wagen unversehrt zurückerhielt. Ich war es, die das törichte Angebot gemacht hatte, den Z3 ohne Geldübergabe zurückzubekommen. Und jedermann weiß doch, dass wir Frauen dem schwierigen Beruf des Privatdetektivs nicht gewachsen sind, oder? Es konnte also kaum überraschen, dass ich mein Versprechen nicht einlösen konnte.
Außerdem werden wir einander nach sechs Monaten vollkommen vergessen haben. Aber nie werde ich den Wind in meinem Haar an dem Abend vergessen, als Tania Banks und mein innerer Angeber bis zum Morgengrauen mit offenem Dach die M6 entlangbrausten.

Die Schrift an der Wand

Ich hab vorher noch nie was auf 'ne Toilettenwand geschrieben, aber ich weiß nicht, was ich sonst tun soll. Bitte helft mir. Mein Freund ist gewalttätig. Er schlägt mich, und ich weiß keinen Ausweg mehr.

Tritt den Scheißkerl dahin, wo es richtig wehtut. Zahl's ihm genauso heim, wie er dich behandelt.

Steig aus der Beziehung aus, bevor er dich ernstlich verletzt. Männer, die schlagen, tun es immer mit unserer Zustimmung.

Ich kann's nicht glauben, was ihr mir für Antworten gebt. Ich hab um Hilfe gebeten, nicht um Belehrung. Ich liebe ihn, ist euch das nicht klar? Er wurde als Kind missbraucht und geschlagen. Sollen wir beschädigte Menschen einfach links liegen lassen?

Wenn du die Beziehung nicht aufgibst, wirst du selbst zu den beschädigten Menschen gehören. Und wer hilft *dir* dann?

Bitte deine Freunde, dir beim Umgang mit ihm zu helfen. Wenn er anfängt, gewalttätig zu werden, verlass das Haus und geh zu einer Freundin.

Ich kann ihn nicht verlassen. Er braucht mich. Und ich kann meine Freunde nicht anrufen, weil ich mich so schäme, vor ihnen zuzugeben, dass ich eine Beziehung zu einem Mann habe, der mich schlägt.

Früher oder später werden sie es sowieso merken, und dann werden sie dir böse sein, dass du ihnen etwas verschwiegen hast, das so wichtig ist.

Wieso schämst DU dich, nicht er? Er ist schließlich derjenige, der so brutal austeilt.

Wie ich schon am Anfang gesagt habe, schlag zurück. Zeig, wie es sich anfühlt, wenn einem wehgetan wird.

Er weiß, wie es ist, wenn man verletzt wird. Er hat seine ganze Kindheit lang Schmerzen ausgestanden. Und er schämt sich wegen seiner Gewalttätigkeit. Er hasst sich wegen seines Verhaltens, und es tut ihm danach immer wirklich leid.

Na, bravo! So'n Mist. Das hilft dir bestimmt enorm, wenn du grün und blau geschlagen bist.

ICH BIN ZUM ERSTEN MAL IN DIESEM KLO UND ICH KANN'S NICHT FASSEN, WIE WENIG IHR DIESE FRAU UNTERSTÜTZT! SCHWESTER, ES GIBT BERATUNGSSTELLEN. DU BRAUCHST HILFE. IM HANDBUCH DER UNI STEHT DIE NUMMER EINER VERTRAULICHEN HOTLINE. RUF DORT AN, BITTE.

Nicht nur du brauchst Beratung. Sag deinem Freund, dass du ihn verlässt, wenn er nicht mit dir zur Beratung geht. Wenn er ablehnt, dann weißt du, dass seine Reue nichts wert ist.

Verlass ihn; sag ihm, du wirst dich erst wieder mit ihm abgeben, wenn er bei der Beratung war und gelernt hat, ohne Gewalt mit seinem Problem fertig zu werden. Alles andere ist Verrat an all den anderen Frauen, die jeden Tag geschlagen werden.

Danke für den Vorschlag. Ich habe die Hotline angerufen und wir gehen nächste Woche zusammen hin, um uns mit der Beraterin zu treffen.

Ich sag dir trotzdem, bleib weg von ihm, bis er es auf die Reihe gekriegt hat. Er wird es dir nur übel nehmen, dass er deinetwegen den ganzen Mist durchmachen muss.

Ich bin froh, dass du den Schritt unternommen hast; sag Bescheid, wie du weiterkommst.

Tut mir leid, dass es so lange gedauert hat, bis ich euch was sagen kann. Meine Vorlesungen waren wegen der eingestürzten Decke für zwei Wochen verlegt worden. Wir hatten bei der Beratung schon drei gemeinsame Sitzungen, und ich meine wirklich, dass es besser wird!

Du meinst, er schlägt dich nur einmal in der Woche statt jeden Abend?

Jetzt wo er den ersten Schritt getan hat, kannst du ihm sagen, dass du ausziehen wirst, bis die Beratung zu Ende ist. Du schuldest es dir selbst und den anderen Frauen, die da draußen zu Opfern werden, dass du zeigst, dieser Schläger hat keine Macht mehr über dich.

Gut gemacht. Ich wünsch dir Glück.

Ich ziehe nicht aus. Ich bleibe bei ihm, weil er sich so viel Mühe gibt. Er strengt sich wirklich an, mit seiner Wut zurechtzukommen und die Konflikte zu lösen, die ihn so aggressiv machen. Ich liebe ihn, ihr scheint das alle vergessen zu haben. Wenn man jemanden liebt, will man ihm helfen, damit es ihm besser geht, man will ihn nicht verlassen, weil er unvollkommen ist.

Beantworte diese Frage: Schlägt er dich noch?

Ach um Himmels willen, lasst sie doch in Ruhe. Seht ihr nicht, dass es so schon schwer genug für sie ist, dem Typ zu helfen, den sie liebt, ohne dass sie sich mit so 'nem selbstgerechten Gefasel auseinandersetzen muss?

Mir kommen gleich die Tränen. Wenn er sie noch schlägt, dann unterstützt sie immer noch sein tyrannisches Verhalten. Sie sollte weggehen, solange sie noch gehen kann.

Wohin soll sie denn gehen? Ein Frauenhaus mit gestörten Kindern und Müttern ist ja nicht gerade der ideale Platz zum Studieren, oder?

`Überall ist es besser als dort, wo man ständig verletzt wird.`

Und du meinst, jemanden zu schlagen, ist die einzige Möglichkeit, einen zu verletzen? Sei doch nicht kindisch!

Er hat mich seit über einer Woche nicht geschlagen. Jetzt hat er wirklich einen Durchbruch geschafft. Zum ersten Mal seit drei Jahren hat er mit seiner Mutter Kontakt aufgenommen und sie mit dem Missbrauch durch seinen Stiefvater konfrontiert. Er sagt, er hätte das Gefühl, dass er schon viel Druck abgebaut hat, einfach dadurch, dass er es ihr gesagt hat.

Tolle Überraschung! Jetzt, wo er eine Frau gefunden hat, der er die Schuld geben kann, wird's ihm besser gehen.

Ja, wieso hat er nicht mit dem gesprochen, der ihn missbraucht hat? Wieso lädt er die Schuld auf seine verdammte arme Mutter ab, die wahrscheinlich auch geschlagen worden ist?

Verlass ihn. Du setzt den Kreislauf der Gewalt nur fort. Er wird deine Nachsicht so deuten, dass du sein Verhalten billigst. Setz dich ab. Jetzt. Wenn du bleibst, bist du genauso schlimm wie er.

Hör nicht auf sie. Bleib bei ihm. Du machst Fortschritte. Menschen können sich ändern.

Blödsinn. Ich hab Erfahrung, hab's genauso erlebt, hab die blauen Flecken abbekommen. Männer, die misshandeln, tun es, weil es ihnen gefällt, nicht weil es ein Verhaltensmuster ist, das sie so leicht ändern können wie das Rauchen aufzugeben. Die einzige Möglichkeit, nicht mehr Opfer zu sein und misshandelt zu werden, ist wegzugehen.

Er verändert sich. Ich bin sicher. Es ist nicht leicht für ihn, und manchmal glaube ich, er hasst mich, weil ich diejenige bin, die ihn überredet hat, sich seinen Problemen zu stellen. Er hat angefangen, richtig eifersüchtig und misstrauisch zu werden, manchmal folgt er mir sogar zu den Vorlesungen. Er ist überzeugt, dass ich, weil ich die Beratung vorgeschlagen habe, eine Frauengruppe treffe, die mir einredet, ihn zu verlassen. Wenn er nur die Wahrheit wüsste! Gibt es irgendwo Frauen, die selbst so etwas durchgemacht haben und bereit wären, mich allein zu beraten?

Ach, die Kraft der Frauensolidarität direkt von der Klowand! Aber er hat recht, oder? Wir versuchen, dir Vernunft beizubringen, damit du dich aus dieser zerstörerischen Beziehung befreist.

Hört sich an, als würdest du dir statt des alten Problems ein neues einhandeln. Der Typ ist einfach eine Wahnsinnskatastrophe. Manchmal ist das Beste, was man für jemanden tun kann, den man liebt, ihn zu verlassen.

Ich weiß, was du durchmachst. Ich treffe dich am Samstagvormittag um halb elf am Fußweg am Kelvin unter der Queen-Margaret-Drive-Brücke. Komm allein. Bring ihn auf keinen Fall mit. Ich halte Ausschau. Wenn du es diesen Samstag nicht schaffst, werde ich jede Woche da sein, bis du kannst.

Auszug aus dem *Scottish Sunday Dispatch*:

LEICHE IM KELVIN GEFUNDEN

Die Polizei hat gestern abend die Suche nach dem Mörder einer misshandelten Frau aufgenommen, die im Kelvin gefunden wurde.
Eine Spaziergängerin, die mit ihrem Hund auf dem Fußweg bei der Kelvinbridge unterwegs

war, sah die Leiche, die sich in den Wurzeln eines Baums verfangen hatte.
Die Polizei erklärte, dass das Opfer, das vollständig bekleidet war, Schläge auf den Kopf bekam, bevor es in den Fluss geworfen wurde.
Die Frau, deren Name nicht bekanntgegeben wird, bis ihre Familie unterrichtet werden kann, studierte im vierten Semester Biochemie an der Universität Glasgow.
Die Polizei bittet Zeugen, die die Frau und den Angreifer gestern auf dem Fußweg am Kelvin etwas oberhalb der Kelvinbridge gesehen haben, sich zu melden.
Eine Sprecherin der Studentenvereinigung sagte gestern abend: »Dies ist eine schreckliche Tragödie. Wenn eine Frau mitten am helllichten Tag in aller Öffentlichkeit ermordet wird, fragt man sich, ob es für uns überhaupt noch irgendwo Sicherheit gibt.«

Die Verwandlung

Finger streichen zärtlich über mein Rückgrat. Lippen berühren meinen Nacken. Gestutzte Fingernägel hinterlassen ihre Spuren auf meiner Haut wie Kondensstreifen an einem klaren blauen Himmel. Zähne knabbern zart an meinen Schulterblättern, graben sich tiefer in die langen Rückenmuskeln. Hände krallen sich wütend ins Gesäß, ziehen die Muskeln auseinander. Eine Zunge umspielt sie, und ungeahnte Wonnen breiten sich aus von meinem straff gespannten After bis tief in mein Inneres. Eine Faust fährt so tief in mich hinein, dass ich glaube, auseinandergerissen zu werden. Wie damals bei der Geburt. Der Geruch nach Sex, Schweiß und etwas Derberem. Der Klang einer Stimme, die ich kaum noch als meine eigene erkenne, ein Stöhnen: »Ich bin deine Schlampe, fick mich, los«, das zum Aufschrei wird, als mein Körper sich ihr hingibt.

Wie bin ich bloß in diese Situation geraten, verdammt noch mal?

Ich bin mir selbst fremd. Niemand, der mich kennt, würde mich in dem Weibsstück wiedererkennen, auf einem Hotelbett hingestreckt und von einer Gier besessen, die ich mir vorher nicht im Traum hätte vorstellen können. Niemals hatte ich Phantasien über Sex mit einer Frau gehabt und mir niemals schmutzigen, vulgären Sex ausgedacht. Bisher war ich immer eher eine Frau fürs Zarte gewesen. Bei Kerzen dachte ich an romantisches Schummerlicht und nicht an heißes Wachs auf Brustwarzen.

Und doch lässt mich jetzt diese seltsame Besessenheit nicht mehr los.

Ich verfolge den Verlauf dieser Geschichte zurück, wie es so weit kommen konnte, aber das macht mich kein bisschen klüger. Ich gehe die Kette der Ereignisse so durch, wie man es mir beigebracht hat, aber sie kommen mir vollkommen fremd vor und sind so weit von meinem Leben entfernt, dass sie nichts mit mir zu tun haben können.

Ursache und Wirkung, Aktion und Reaktion sind die festen Eckpfeiler eines Falls. Daraus besteht meine berufliche Tätigkeit, und so beginnt auch die Geschichte. Ich bin Jane Sullivan, vor Gericht zugelassene Rechtsanwältin und seit zwölf Jahren Mitglied des Anwaltsverbands Middle Temple in London. Ich bin Prozessanwältin für Strafrecht für den nördlichen Teil des Landes, eine glücklich verheiratete Frau mit zwei Töchtern im Alter von neun und sieben Jahren. Mein Mann David ist Dozent für Philosophie an der Universität Manchester. Wir wohnen in einem dreistöckigen viktorianischen Haus in einer ruhigen Sackgasse in dem Teil von Didsbury, der nicht von Studenten und jungen, aufstrebenden Akademikern bevölkert ist. Wir haben zwei Volvos und einen Neufundländer, der Sam heißt.

Unsere Familie ist fast penetrant bürgerlich. Und ich mag diesen Lebensstil.
Wie bin ich also, verdammt noch mal, hierher geraten, stöhnend vor tierischer Lust unter den Händen einer Frau mit sechs Piercings und drei Tätowierungen?
Stevie trat vor sechs Monaten in mein Amtszimmer und damit in mein Leben. Meiner Klientin wurde versuchter Mord vorgeworfen. Ihr Anwalt war keiner von denen, die mir gewöhnlich zuarbeiteten und Zusammenfassungen zum Hergang von Fällen lieferten. Sie kamen aus Leeds auf Empfehlung einer dortigen Klientin, die mit meiner Bearbeitung eines ähnlichen Falls in diesem Jahr sehr zufrieden war. Stevie war bei der Besprechung dabei, um der Klientin den Rücken zu stärken. Die Geschehnisse waren in groben Zügen bekannt, aber so etwas höre ich nicht alle Tage.
Die Klientin hatte in einem Frauenhaus gelebt, nachdem ihr Freund sie wieder einmal krankenhausreif geschlagen hatte. Trotz Hausverbots hatte der Freund sie ausfindig gemacht und war in das Frauenhaus eingedrungen. Er hatte sie in der Küche gefunden und wollte sie überfallen, war aber so in Hetze, dass er ausrutschte und hinfiel. Gleichzeitig war sie geistesgegenwärtig genug, die Milchflasche, die sie in der Hand hielt, an der Spüle zu zerschlagen. Als er taumelnd aufstehen wollte, stach sie ihn mit den zackigen Glasscherben in den Hals. Und nun sah sie sich ernsten juristischen Konsequenzen gegenüber. Es stellte sich heraus, dass Stevie halbtags im Frauenhaus arbeitete und zugleich ihren Magister in Psychologie machte. Die Klientin vertraute

ihr, was sich nicht von vielen Menschen behaupten ließ, die sie in ihrem dreiundzwanzigjährigen Leben getroffen hatte.

Ehrlich gesagt, beachtete ich Stevie an diesem Tag kaum. Ich sah die schwarzen Haare, die dunklen Brauen über blauen Augen und die blasse, zarte Haut, die auf eine bestimmte Kombination irischer Gene hindeutet, fühlte mich aber nicht die Spur zu ihr hingezogen. Ich konzentrierte mich auf die Klientin und erwog in Gedanken schnell die Möglichkeit, die Anklage auf fahrlässige Körperverletzung zu beschränken.

Ich ließ mir Anweisungen geben, versuchte sie so gut wie möglich zu beruhigen und ging nach Hause, um meinen Kindern eine Gutenachtgeschichte vorzulesen und mit meinem Mann zu Abend zu essen. Bis der Fall vor dem Crown Court in Leeds verhandelt wurde, dachte ich überhaupt nicht mehr an Stevie.

Die Klientin zitterte vor Angst, und Stevie rieb sich nervös die Hände, als wir vor dem Umkleideraum aufeinander trafen. Die Klientin war so aufgeregt, dass man kein vernünftiges Gespräch mit ihr führen konnte, deshalb wandte ich mich mit meinen Argumenten an Stevie. Ich erklärte, dass ich schon mit dem Staatsanwalt gesprochen hatte und er nicht bereit war, die Anklagepunkte zu reduzieren. Dies konnte sich meiner Meinung nach jedoch paradoxerweise günstig für uns auswirken. Die Geschworenen wären bei Anklage wegen eines schweren Vergehens weniger geneigt, auf schuldig zu befinden, wenn sie die Aussagen dazu gehört hatten, was das Opfer meiner Klientin in der Vergangenheit angetan hatte. Ich war darauf bedacht, auf Notwehr zu plädieren. Jeder Mensch, der über sich hatte ergehen lassen, was meine Klientin von diesem Mann erlitten hatte, würde gute Gründe haben, um sein Leben zu fürchten.

Der Prozess lief nicht gut. Meine Klientin war eine denkbar schlechte Zeugin. Sie war defensiv, verwickelte sich in Widersprüche und konnte sich nicht gut ausdrücken. Das Opfer machte eine gute Figur in der Rolle des reuigen Geliebten mit gebrochenem Herzen. Aber ich war fest entschlossen, nicht zu verlieren, und hielt, da muss ich mich selbst loben, vor den Geschworenen ein Plädoyer von der Kategorie, deretwegen Anwälte feuchte Träume haben. Der Richter hielt seine abschließende Ansprache ziemlich spät am zweiten Tag, und ich rechnete damit, dass die Geschworenen ganz sicher über Nacht tagen würden. Deshalb behielt ich mein Zimmer im Hotel.

Aber zu meiner Freude kamen sie schon nach einer halben Stunde zurück und hatten auf »nicht schuldig« erkannt. Ich gratulierte der Klientin, die inzwischen nur noch ein tränenfeuchtes Nervenbündel war, schüttelte Stevie die Hand und ging eilig in mein Hotel, um meine Sachen zu packen und den Zug zurück nach Manchester zu nehmen.

Kaum hatte ich meine Kostümjacke abgestreift, als es auch schon an die Tür klopfte. Ich machte auf und erwartete das Zimmermädchen oder den Mann, der die Minibar auffüllen wollte. Stattdessen stand Stevie lässig an den Türrahmen gelehnt mit einer Flasche Sekt in der

Hand. »Ich dachte, Sie würden gern ein bisschen feiern«, sagte sie.
»Ich wollte gerade gehen.«
Stevie verzog einen Mundwinkel zu einem angedeuteten Lächeln, und ein Grübchen erschien auf ihrer Wange. »Na kommen Sie, Sie möchten doch gern«, sagte sie. »Das war eine Spitzenvorstellung da drin. Sie verdienen es, das noch einmal mit jemandem durchzusprechen, der weiß, dass Sie nicht bluffen.«
»Ich sollte wirklich ...«
»Außerdem erwartet Sie doch niemand in Manchester, oder? Wir alle dachten doch, dass es bis morgen dauern würde.« Sie hob die Flasche hoch und schwenkte sie leicht. Ich konnte kaum übersehen, dass es eine recht gute Marke war.
Unwillkürlich erwiderte ich ihr Lächeln und öffnete die Tür. »Warum nicht?«, sagte ich. Hätte ich die Antwort darauf gekannt, dann hätte ich ihr die Tür vor der Nase zugeschlagen.
Ich holte zwei Gläser aus der Minibar, und wir setzten uns in die Sessel an einem kleinen runden Tisch am Fenster. Das letzte Abendlicht glänzte auf den winzigen Diamanten, die den Rand des Rings in ihrer Augenbraue säumten. Stevie öffnete die Flasche ohne große Umstände und goss den Sekt in die schräg gehaltenen Gläser. »Auf das Verbrechen«, sagte sie. Wir stießen an und tranken langsam. »Sie waren phantastisch da drin, wissen Sie das. Ich dachte, wir wären längst verloren, aber Sie haben das Steuer herumgerissen.«

Ich zuckte die Schultern. »Dafür werde ich schließlich bezahlt.«
Sie schüttelte den Kopf. »Es war mehr als das. Ich habe genug Anwälte bei ihrem Auftritt gesehen, um den Unterschied zu kennen. Sie waren heute etwas ganz Besonderes.«
Ich war etwas durcheinander. In ihrer Stimme spürte ich etwas wie Flirt, war aber nicht sicher, ob ich es mir einbildete. »Von mir wird immer etwas Besonderes erwartet«, platzte ich plötzlich heraus.
Sie setzte wieder ihr angedeutetes Lächeln auf. »Ich habe keinen Zweifel, dass Sie dem gerecht werden.« Sie schob den Aschenbecher mit einem langen schlanken Finger ein Stück zur Seite. »Macht es Ihnen etwas aus, wenn ich rauche?«
»Bitte, bitte. Ich werde ja sowieso heute nacht nicht hier bleiben.«
Sie öffnete ihre Umhängetasche und holte eine Tabakdose heraus. Zu meiner Überraschung rollte sie einen Joint. »Sie sind im Gericht mit einer Tasche voll Gras herumgelaufen?« Wahrscheinlich wusste ich, dass ich mich wie ihre Mutter anhörte, aber ich konnte mich nicht zurückhalten.
Stevie grinste. »Keine Tasche voll. Genug für eine Verwarnung, würde ich sagen. Jane, niemand hat heute auf mich geachtet. Ich hätte mir im Damenklo 'n Schuss setzen können, man hätte es nicht gemerkt.« Sie muss meinen entsetzten Blick gesehen haben, denn sie fügte hastig hinzu: »Aber harte Sachen rühr ich nicht an. War bloß 'n Witz.«

Sie zündete den Joint an, nahm einen tiefen Zug, hielt den Rauch gut fünfzehn Sekunden in der Lunge und schloss genüsslich die Augen. Dann hielt sie ihn mir hin und hob amüsiert fragend die Augenbrauen.
Ich weiß nicht, warum ich ihn nahm. Vielleicht wollte ich zeigen, dass ich nicht so spießig war, wie sie annahm. Vielleicht wollte ich mich in die sorglose Studentin zurückverwandeln, die ich einst gewesen war, bevor der Ehrgeiz und seine Befriedigung mir zu viel eingebracht hatten, um das alles aufs Spiel setzen zu wollen. Oder vielleicht meldete sich eine erste unterbewusste Ahnung, dass etwas unter der Oberfläche lauerte, wofür ich später eine Entschuldigung brauchen würde.
Aus welchem Grund auch immer – ich rauchte jedenfalls den Joint mit. Und den nächsten auch. Der Sekt glitt hinunter, und wir ließen es uns gut gehen, aus unseren vor der Öffentlichkeit zur Schau getragenen Gesichtern wich die Spannung, während wir uns aus unserem Leben erzählten. Es schien natürlich, beim Zimmerservice noch eine Flasche Sekt zu bestellen. Wir hatten die zweite Flasche halb getrunken, als Stevie sagte: »Ich sollte jetzt langsam gehen. Wenn du nach Manchester zurück willst, musst du überlegen, ob du noch einen Zug bekommst.«
Meine Bestürzung erschreckte mich. Ich wollte nicht, dass sie ging, und das verstörte mich. Aber ich konnte mich kaum erinnern, jemals so entspannt gewesen zu sein. Sie stand auf und ging zur Tür. Mir fiel nichts ein, wie ich sie aufhalten könnte, deshalb folgte ich ihr. Sie

machte die Tür auf und drehte sich zu mir um. »Dann sag ich jetzt also gute Nacht.« Sie trat vor und küsste mich.
Meine Lippen öffneten sich. Ich spürte das Flattern ihrer Zunge an der Innenseite meiner Unterlippe. Dann war meine Hand in ihrem Haar, und ich zog sie näher zu mir heran, das Blut pulsierte in meinen Ohren. Plötzlich waren wir wieder getrennt. Ich konnte den Ausdruck in ihren Augen nicht sehen und hatte keine Ahnung, ob sie das dunkle Verlangen in meinen sah.
»Ich glaube nicht, dass es eine gute Idee ist, sich im Hotel bei offener Tür zu küssen«, sagte sie ganz cool. »Meinst du nicht, dass wir besser die Tür zumachen sollten?«
Eine Woge von Verlegenheit ließ mich erröten. »Tut mir leid«, sagte ich, und war von oben bis unten wieder die korrekte Anwältin. Ich trat zurück, um die Tür zu schließen, aber bevor ich das konnte, war sie schon im Zimmer.
»Du willst mich doch hier drin haben, oder?« Es war eine rein rhetorische Frage, das wussten wir beide.
Ein Durcheinander von Kleidern und Gliedmaßen, tastende Beine und Hände, murmelnde Lippen, und dann lagen wir nackt auf dem Bett. Es war nichts Verführerisches oder Sinnliches dabei; wir hatten das Vorspiel schon vorher beim Reden hinter uns gebracht. Es war nur noch absolute Wollust, wie ich sie nie zuvor erfahren hatte. Ein Sehnen, das befriedigt wurde, gefolgt von einem neuen Hunger, der auch gestillt werden wollte. Die Zeit glitt in einem Chaos übersättigter Lust an uns

vorbei. Sie machte Dinge mit mir, von denen ich nie gewusst hatte, dass ich mich danach sehnte. Und ohne nachzudenken, fügte ich mich.
Mehr als das, ich gab, so viel ich konnte. Ich entdeckte Instinkte, von denen ich nicht einmal wusste, dass ich sie besaß. Mein Mund, meine Hände taten Dinge mit einer Sicherheit, die ich nicht für möglich gehalten hätte. Die Sprache war auf einzelne Wortfetzen reduziert. »Da … oh ja. Fester … Bitte … Oh Gott …«
Irgendwann, als es schon hell wurde, sind wir, glaube ich, eingeschlafen. Ich wachte auf und sah sie ausgestreckt mit dem Gesicht nach unten liegen, ein Zipfel des Lakens über ihr Kreuz gebreitet. Das Zimmer war von dem Geruch von Sex erfüllt, mit einem süßlichen Unterton von Marihuana. Die Uhr zeigte 7 Uhr 34, und ich erinnerte mich an meinen normalen Tagesablauf. David würde jetzt gerade die Mädchen wecken und sich darauf vorbereiten, sie zur Schule zu fahren. Er würde sich fragen, warum ich am Abend zuvor nicht angerufen hatte, sich aber nicht sorgen. Er wusste, wenn ich in einen Fall vertieft war, wollte ich nicht immer in eine andere Welt eintauchen, die mich ablenkte.
Ich wusste, dass ich vor Schuldgefühlen vergehen sollte, aber ich fühlte nichts dergleichen, sondern war erfüllt von einer Art dankbarer Verwunderung, einem Staunen, dass es in meinem Leben für etwas so Außergewöhnliches Raum gab.
Stevie bewegte sich und hob den Kopf. Ihre Augen öffneten sich einen Spalt, und sie lachte leise. »Ich dachte, du wärst schon längst weg und würdest dich die ganze

Fahrt nach Manchester kasteien«, sagte sie langsam und schleppend.

»Ich will dich wiedersehen.« Die Worte sprudelten heraus, bevor ich mir überlegen konnte, ob sie klug waren.

»Ich weiß. Und das wirst du auch.« Sie stützte sich auf den Ellbogen und küsste mich. »Wie in dem Lied, in dem es heißt ›We've only just begun‹.«

Ich fuhr im Zug zurück und verstand zum ersten Mal, was es hieß, einen elektrisierten Körper zu haben. Alles an mir prickelte, war voll Leben und Erregung. Ich hatte gedacht, ich hätte die Macht begriffen, die vom Sex ausgeht, aber bisher hatte ich eine bunte Welt nur in Schwarz-Weiß gesehen.

Natürlich hatte ich mir schon eingeredet, dass es hier nur um etwas rein Körperliches ging. Es gehörte in den Bereich der Sinne, nicht des Herzens. Deshalb wäre es keine wirkliche Gefahr, wenn ich Stevie wiedersähe. Wir würden uns gelegentlich lieben, die Sache würde nach und nach ihren Reiz verlieren, und wir würden auseinanderdriften. Meine einzige wirkliche Sorge war, dass Stevie sich tatsächlich in mich verlieben könnte. Wenn das geschähe, könnte es vielleicht eine Bedrohung für mein Leben sein. Aber irgendwie hielt ich das nicht für wahrscheinlich. Ich konnte mir nicht vorstellen, dass Stevie sich eine Zukunft mit jemandem ausmalen würde, der so konventionell war wie ich.

Es kam mir nicht in den Sinn, dass möglicherweise ich diejenige sein könnte, die sich blind vernarrt hatte. Ich sah sie in der Woche darauf, nach dem Prozess in Leeds, in London wieder. Diesmal war der Sex extremer, mehr auf dem Boden zügelloser Phantasien gewachsen. Diesmal gab es Kokain, um das Verlangen zu schärfen und meine kaum vorhandenen Hemmungen abzubauen. Es riss mich mit. Ich war süchtig nach ihr.

Ich fing an, absichtlich Fälle zu übernehmen, die Fahrten von zu Hause weg nötig machten, damit ich die Nächte mit Stevie verbringen konnte. Ich konnte keinen ganzen Tag ertragen, ohne mit ihr zu telefonieren, Gespräche, die sich immer um Sex drehten und meistens im Orgasmus endeten. Ich wusste, dass mein Engagement darunter litt, weil ich mehr Zeit damit zubrachte, in seligen Gedanken an Stevie zu schwelgen, als mich meinen Fällen zu widmen. Ich setzte mich Risiken aus, die mein Leben und das Leben der Menschen bedrohten, die ich, bevor ich Stevie kennen lernte, mehr als alles auf der Welt geliebt hatte.

Das also ist die Verkettung der Umstände, die mich hierher gebracht und mich wieder vor einer Frau auf die Knie gezwungen haben, die meiner offensichtlich schon müde wird. Sie sucht Ausflüchte, während sie früher Pläne schmiedete. Wenn ich sie anrufe, ist manchmal jemand anders bei ihr, und sie will nicht mit mir sprechen. Und ich kann den Gedanken nicht ertragen, dass sie in den Armen einer anderen liegt, diese Frau, die mir meine Ruhe gestohlen und ein Loch in das Gefüge meines Lebens gerissen hat. Ein Tag ohne den Klang ihrer Stimme erscheint mir hohl, ich stochere in meinem Essen und keife gereizt meine Kinder an.

Ich habe Angst vor dem, was ich tun werde, wenn sie

mich verlässt. Ich weiß jetzt, wie es ist, von einem Trieb besessen zu sein, über den man die Kontrolle verloren hat. Ich verstehe die Mentalität der *Stalker*, denn ich werde selbst zu einer solchen besessenen Verfolgerin. Wenn sie mich verlässt, wird mein Leben um mich herum zusammenstürzen, weil ich nicht in der Lage sein werde, sie einfach gehen zu lassen. Die Begierde in mir ist zu ungestüm.

Und ich habe Angst vor dem Menschen, zu dem ich werde. Ich sehe morgens in den Spiegel und erkenne einen Anflug von Verrücktheit in meinem Blick. Ich habe zu oft die Verteidigung von Angeklagten übernommen, als dass ich den Schaden nicht kennen würde, den dies anrichtete, wenn ich es außer Kontrolle geraten ließe. Das Einzige, was ich tun kann, um mich zu retten, mein Leben zu retten, ist, jetzt zu handeln, solange ich noch in der Lage bin, klar und rational zu denken. Wenn ich warte, bis sie mich verlässt, was sie zweifellos tun wird, werde ich zu solchen Feinheiten nicht mehr fähig sein.

Ich habe mir also einen Plan zurechtgelegt. Dies wird unsere letzte gemeinsame Nacht sein. Das Zimmer ist auf Stevies Namen gebucht. Was sie nicht weiß, ist, dass ich absichtlich auffällig schon ein anderes Zimmer in einem Motel am anderen Ende der Stadt bezogen habe. Dies hier ist die Art von Hotel, wo einen niemand kommen oder gehen sieht. Ich habe dafür gesorgt, dass sie heute abend als Erste ankam, und werde so lange bleiben, bis ich mich am frühen Morgen unter die abreisenden Gäste mischen und dann direkt zum Gericht fahren kann. Ich habe sehr darauf geachtet, nichts anzurühren, worauf ich Fingerabdrücke hinterlassen könnte. Ich weiß, dass das besser ist, als Oberflächen abzuwischen, weil das ein sicherer Hinweis darauf wäre, dass jemand hier bei ihr war.

Wir werden heute abend mit Fesseln spielen. Ich habe sie gebeten, ihre Spielgeräte mitzubringen, und das hat sie getan, denn ich bin ihr noch immer so wichtig, dass sie mir Vergnügen bereiten will. Ich habe nachgelesen und mich über Fälle von autoerotischem Ersticken informiert. Es ist hauptsächlich etwas für Männer, aber es hat auch Frauen gegeben, die bei dieser Art von Spielen, die angeblich die sexuelle Lust erhöhen, umgekommen sind. Ich habe mir alles überlegt. Die Füße an das eiserne Bettgestell gefesselt. Die Hände vor ihr zusammengebunden. Die mit Poppers, den mit der erregenden Substanz gefüllten Kapseln, gespickte Orange in ihrem Mund, und die Schlinge, die am Kopfende des Betts befestigt ist, um den Hals.

Ein tragischer Unfall.

Das Schwerste wird sein, ihr nicht in die Augen zu sehen.

Eine kollegiale Affäre

Wir hatten praktisch schon alles miteinander gemacht, bevor wir uns das erste Mal trafen. Genauer gesagt: Wir hatten auf virtueller Ebene schon alles gemacht, bevor wir uns überhaupt trafen. Oder andersherum: Wir hatten fast alles, aber eben nur fast alles, schon gemacht, bevor wir uns dann trafen.

Was für einen Unterschied eine solche Bemerkung doch macht. Manchmal ist es der Unterschied zwischen Leben und Tod.

Ich hatte sie mit großer Sorgfalt ausgewählt. Denn ich wusste genau, was ich suchte. Entfernung war ein entscheidender Faktor. Sie sollte nicht die Möglichkeit haben, plötzlich in meiner Welt aufzutauchen. Keine Zeugen, verstehen Sie. Auch dass sie schon einen Liebhaber hatte, war wichtig. Es musste einen guten Grund geben, mich geheimzuhalten. Ich wollte auch nicht, dass sie schön war. Schöne Frauen sind daran gewöhnt, dass Männer sich an sie ranmachen, wissen, wie man uns loswird, und sie haben dabei keine Skrupel. Wie jeder Jungspund weiß, sind hässliche Mädchen immer dankbar für die Beachtung, die man ihnen schenkt.

Das andere bedeutsame Kriterium beim Auswahlprozess hatte mit ihrer Arbeit zu tun. Ich suchte eine

Schriftstellerin, die in Sinnlichkeit schwelgte, deren Bücher Appetit auf gewagtere sexuelle Experimente verrieten und deren Prosa die Macht hatte, Funken von Begierde zu schlagen. Es gibt heutzutage keinen Mangel an Sex in Kriminalromanen, aber die meisten sind etwa so erotisch wie die Encyclopedia Britannica. Ich musste eine Menge deprimierend verbissener Texte durchforsten, die die Leser erregen sollten, bevor ich sie fand.
Allie James. Autorin von vier psychologischen Thrillern mit der FBI-Profilerin Susan Sondheim. Keiner hatte auf der Bestsellerliste der New York Times gestanden, aber sie verkauften sich ganz gut, und Allie hatte eine wachsende Zahl von Fans, wenn man ihrem Verkaufsrang und den Besprechungen bei amazon.com trauen konnte. Ich las die Bücher, und ein Schauder der Erregung lief mir über den Rücken. Wie es schien, war sie eine Spitzenkandidatin für mich.
Ihre Hauptfigur hatte im Lauf der vier Romane zwei Liebhaber. Bei der Beschreibung ihrer Begegnungen schaffte Allie die Gratwanderung zwischen überdeutlichen Details und sentimental beschönigender Schilderung. Was sie schrieb, hatte eine echte erotische Spannung, eine überlegene, wissende Sinnlichkeit, bei der sich mein Magen zusammenzog, der Mund trocken wurde und ich Appetit bekam, mehr davon zu lesen.
Auch die Kurzbiographie des Klappentexts war ermutigend. »Allie James ist im ländlichen North Carolina geboren und aufgewachsen. Sie machte eine Ausbildung als Graphikdesignerin und arbeitete zehn Jahre in der Werbebranche in Chicago. Sie lebt mit ihrem Part-

ner in Virginia.« Ein Foto war nicht dabei, was mich annehmen ließ, dass Allie James keine hohe Meinung von ihrem Äußeren hatte. Und ihrer Vorgeschichte nach war sie wahrscheinlich weniger raffiniert als eine echte Städterin. Es würde leichter sein, ihr zu schmeicheln, sie zu überreden und gefangenzunehmen.

Aber ich brauchte mehr Informationen. Der nächste Schritt war die Suchmaschine. Google.com brachte zweihundert Treffer, und ich ging die Kritiken in Zeitschriften, die Internet-Versandbuchhandlungen und Hinweise auf ihre Werke bei Newsgroup-Diskussionen durch, bis ich endlich zwei ziemlich lange Interviews fand, die das Bild vervollständigten. Allie war 37, ein Einzelkind, Sternzeichen Zwilling, und sie erklärte, sie sei von den Extremen der menschlichen Psyche fasziniert. Ihr Partner war Dozent für englische Literatur an einem kleinen College in Virginia. Sie waren seit acht Jahren zusammen, hatten keine Kinder, liebten aber ihre Neufundländer-Hündin sehr. Und immer noch kein Foto.

Ich rief eine Seite auf, die ich entdeckt hatte und die es möglich macht, herauszufinden, wem welcher Domain-Name gehört. Ich gab »alliejames.com« in die Suchmaschine ein. Wie ich erwartet hatte, erfuhr ich, dass der Name schon besetzt war. Jeder Schriftsteller mit etwas Grips hat inzwischen mitbekommen, wie wichtig es ist, hinsichtlich einer Website über den eigenen Namen verfügen zu können, selbst wenn man noch nichts damit macht. Wenn man ihn nicht für sich selbst reserviert, riskiert man, dass man von irgendeinem

»Spezialisten« erpresst wird, der spitz gekriegt hat, wie lukrativ es sein könnte, sie einem wieder zu verkaufen. Noch schlimmer ist es, wenn der Name vom eigenen Verlag gekauft wird, der dann damit machen kann, was der Konzern will.
Ich beschloss, den Eigentümer der Seite ausfindig zu machen. Den meisten Leuten ist nicht klar, dass diese Information ohne weiteres zugänglich ist, deshalb machen sie sich nicht die Mühe, sich hinter ihrem Agenten oder einem Postfach zu verstecken. Allie gehörte zu denen, die es nicht wussten. Ein paar Sekunden später hatte ich ihre Adresse und die Telefonnummer auf dem Bildschirm – dass es eine Geheimnummer war, hatte ich schon erfahren. Ich druckte alles aus, damit ich später nachsehen konnte, und ging dann online, um meinen Köder auszulegen.

Von: Lawrence Ryan, Lr25478@hotmail.com
An: Allie James, ajva@alliejames.com
Thema: Ihre Romane

Liebe Allie,
ich möchte Ihnen schreiben, um Ihnen zu sagen, wie viel Freude Ihre Bücher mir gemacht haben. Wenige Autoren haben diesen tiefen Einblick in die menschliche Natur, der Ihnen so leicht zu gelingen scheint. Ich bewundere die Charakterzeichnung in Ihrem Werk und wie Sie die Leidenschaft darzustellen wissen, mit der die Jägerin ihr Ziel verfolgt. Susan Sondheim ist eine der per-

fektesten Hauptfiguren in diesem Genre, eine Frau mit Herz und Seele und daneben auch Verstand.
Als einer, der sich auf dem gleichen Feld wie Sie betätigt, weiß ich, wie schwierig es ist, in diesem Genre etwas wirklich Eigenes und Lebendiges zu schaffen. Ich wollte Ihnen nur sagen, wie groß mein Respekt vor Ihrer Leistung ist.
Beste Grüße
Larry Ryan.

Ich hatte kaum Zweifel, dass mein Annäherungsversuch eine Reaktion auslösen würde. Und ich hatte recht. Innerhalb von zwölf Stunden war eine Antwort bei meinen E-Mails.

Lieber Larry,
wow! Welche Ehre, Fanpost von einem Kollegen Ihres Formats zu bekommen! Seit *Der Lazarusengel* hier drüben herauskam, bin ich eine glühende, wenn auch stille Verehrerin Ihres Werks. Danach sah ich mich immer gezwungen, mich in Unkosten zu stürzen, um die britischen Ausgaben kommen zu lassen, weil ich einfach nicht warten will, bis Ihr amerikanischer Verlag nachzieht :-) Ich finde es so toll, dass Sie meine Abenteuer mit Susan mögen. Fanpost ist natürlich immer etwas Schönes, aber es bedeutet mir viel mehr, von jemandem zu hören, den ich bewundere.

Was haben Sie also zur Zeit in Arbeit? Wann darf ich meinen nächsten Adrenalinstoß erwarten?
Voller Verehrung,
Allie

Natürlich hab ich mich sofort bei ihr gemeldet. Die Zeit würde kommen, sie hängen zu lassen, aber jetzt noch nicht.

Allie,
was für eine liebenswürdige Antwort du mir geschickt hast. Du weißt wirklich, wie man jemandem schmeichelt! Ich hatte nicht erwartet, dass du überhaupt von mir gehört, schon gar nicht, dass du meine Bücher gelesen hast, wo mein Verlag in den Staaten doch so wenig Werbung für mich macht. So geht's eben ...
<Was haben Sie also zur Zeit in Arbeit? Wann darf ich meinen nächsten Adrenalinstoß erwarten?> Ich bin gerade mit den Fahnen für mein neues Buch, *Night Sweats,* fertig geworden, habe also jetzt eine glückselige Zeit von etwa drei Wochen vor mir, bevor ich das nächste Buch anfange. Leider kommt NS erst in fünf Monaten heraus, du wirst dich also in Geduld fassen müssen. Außer, wenn du möchtest, dass ich es dir als E-Mail schicke? Ich weiß, es gibt nichts Öderes, als ein Buch im Manuskript zu lesen, aber wenn du das auf dich nehmen willst, kannst du es gerne sehen. Du wirst der erste Mensch sein, der es mit

kühlem Verstand liest, ohne darauf vorbereitet zu sein, ohne irgendetwas darüber zu wissen …
Gruß
Larry

Das war natürlich ein Angebot, das sie nicht ausschlagen konnte. Schon in dem Augenblick, als ich es aussprach, war mir das klar. Dies gehörte nicht zu meinem ursprünglichen Plan, aber die Tatsache, dass sie meine Sachen gelesen hatte, verkürzte das lange Spiel, das ich mir ursprünglich ausgedacht hatte. Es war ein Trick, der das Tempo enorm beschleunigte, und innerhalb von ein paar Tagen waren wir in den Austausch tiefsinniger Gedanken über das Handwerk des Schreibens, das Verlagsgeschäft, den Prozess, wie man ein Buch zusammenbekommt, und all die anderen Dinge vertieft, die Außenstehende für Dauergesprächsstoff unter Schriftstellern halten, obwohl das in Wirklichkeit nur selten so ist. Aber es baute Brücken zwischen uns, hauptsächlich, weil ich es ihr überließ, sich abzustrampeln, um daraufhin natürlich fast allem, was sie sagte, zuzustimmen.
Es war unvermeidlich, dass Einzelheiten aus ihrem Leben in ihren E-Mails auftauchten. Ich fand heraus, dass sie einen Liebhaber namens Jeffrey hatte, der ein ichbesessener Wassermann war und sich über Allies Erfolg ärgerte. Natürlich sagte sie mir das nicht ausdrücklich. Aber es war nicht schwierig, zwischen den Zeilen zu lesen. Ich vermied es, Jeffrey zu kritisieren, und konzentrierte mich lieber darauf, mich als rücksichtsvoll und hilfsbereit darzustellen. Ich ließ einfließen, dass

meine Geliebte vor zwei Jahren gestorben sei und dass ich mich seitdem niemand anderem hatte öffnen können.

Danach war es nur noch ein kleiner Schritt zu einem zarten Flirt. Da wir jetzt schon zwischen 20 und 50 E-Mails pro Tag austauschten, die sich zwischen ein paar Sätzen und Nachrichten von 20 Kilobyte bewegten, dauerte es nicht lange, bis sich daraus etwas Intensiveres entwickelte. Wir tauschten sogar unsere Lieblingspornoseiten aus, die wir natürlich beide nur heranzogen, weil sie interessantes Recherchematerial boten.

Einer von uns sagte vielleicht die Wahrheit, aber ich war das sicher nicht.

Als ich die Stadt für zwei Tage verlassen musste, teilte ich ihr mit, ich würde meinen Laptop nicht dabeihaben. Sie sandte mir trotzdem 17 E-Mails.

Natürlich kamen wir unvermeidlich an den Punkt, wo Allie sagte, Jeffrey frage sich, ob sie eine Online-Affäre habe, weil sie so viel Zeit am Computer verbringe.

Worin besteht denn eine Online-Affäre?

Ich glaube, aus nem Cyber-Fick.

Puh! Na, ja, das geht dann in Ordnung, wir waren ja noch nie alleine in einem Chatroom …

Ich habe nicht das Gefühl, dass wir zu weit gegangen sind. Ich bin ganz offen zu dir und wir teilen uns gegenseitig unsere Gefühle mit, aber das tun Freunde doch, oder? Findest du, dass wir zu weit gegangen sind?

Nein, ich meine nicht, dass wir zu weit gegangen

sind. Ich glaube, wir sind beide ziemlich nahe dran gewesen, aber wir schaffen es mit Humor, uns aus der Gefahrenzone rauszuhalten.
Es ist nicht leicht, in E-Mails über so etwas zu diskutieren. Unter vier Augen oder am Telefon bekommt man sprachliche oder auch andere Hinweise von seinem Gegenüber, ob er denkt, <Ja, ich will mehr davon hören, wie du empfindest> oder <LASS DIE FINGER DAVON>. Wenn man über E-Mail in diese schwierigen Bereiche vorstößt, muss jemand als Erster den Zeh ins Wasser tauchen und sich dann vor Nervosität die Nägel abknabbern, bis die andere Seite die Zeit hat, sich damit zu befassen. Also dann ... wir sind sehr offen und wir stoßen in Bereiche vor, in die wir beide mit niemandem sonst gehen würden. Wir fehlen einander, wenn wir keinen Kontakt haben. Wir haben vieles gemeinsam und haben auf vielen verschiedenen Ebenen einen Draht zueinander. Wir haben Respekt voreinander und wir lachen viel. Aber wir wagen beide nicht, die Beziehung zu dem Mann zu gefährden, mit dem du lebst. Mit dieser Gratwanderung haben wir also eine Möglichkeit gefunden, miteinander zu reden.
Glaube ich.
Was meinst du?
Ich meine das gleiche wie du. Ich bin froh, dass das geklärt ist. Unsere Freundschaft macht mir wirklich Freude. Sie ist sehr, sehr wichtig für mich

geworden. Ich kann mir gar nicht mehr vorstellen, wie das Leben vorher war. Oder wie es ohne dich und deinen verrückten Witz wäre, der mir über den Tag hilft. Du bist das Beste, was mir seit langem passiert ist, Larry. Und damit sage ich nichts gegen Jeffrey. Allerdings glaube ich nicht, dass er sich dabei wohlfühlen würde, wie offen wir über Sex reden.;-) Ich meine, es ist doch ungefähr so wie mit Porno, oder? Es ist schwer, es jemandem zu erklären, der es nicht mag. Wie geht's dir damit?

Ich glaube, ich habe zu dem Thema mehr oder weniger die gleiche Meinung. Ich will keine Schranken zwischen uns. Das ist mir wirklich wichtig bei der Beziehung zu dir.

Bei mir ist es genauso.

Bewusst oder unbewusst war das ihre Art, zu erkunden, ob der Einsatz erhöht wurde. Ich hätte Freudentänze vollführen können. Sie war voll und ganz darauf hereingefallen. Ich ließ zwei Wochen verstreichen und dann, als ich wusste, dass Jeffrey zwei Nächte zu einem Seminar über die Postmoderne verreist war, fing ich an, sie an Land zu ziehen. Zuerst streute ich zwei Köder in die E-Mail ein, die ich am Vormittag schickte. Dann rief ich sie an.

»Hallo?« Sie klang selbstbewusster, als ich erwartet hatte.

»Wetten, dass du nicht rätst, wer spricht«, sagte ich.

»Larry?« Ihre Stimme ging eine Oktave höher.

»Beim ersten Mal richtig geraten.« Ich lachte. »Erstaunlich.«
»Woher hast du meine Nummer?« Sie klang verwirrt. »Es ist eine Geheimnummer.«
»Welcher Stalker würde so eine Frage stellen?«, flachste ich.
Jetzt war sie an der Reihe mit dem Lachen. »Nein, aber wirklich, sag mir, wie du mich aufgespürt hast.«
Ich tat es. Ich nahm eine Mischung von Entzücken und Unbehagen in ihrer Stimme wahr. Es störte sie nicht, dass ich es herausgefunden hatte, aber es machte sie besorgt, dass andere, seltsamere Leute sie genauso leicht finden könnten. »Ich muss das ändern«, sagte sie.
»Ja, solltest du wirklich. Schließlich hat der einzige Mensch, der dich finden muss, es schon getan.«
Das Eis war gebrochen. Wir fingen an, über Dinge zu reden, die wir in den E-Mails erörtert hatten, und ich steuerte die Unterhaltung auf die frischen Köder zu, die ich am Vormittag ausgelegt hatte. »Wie ich schon sagte, ich wünschte, ich hätte dein Geschick, überzeugende Sexszenen zu schreiben«, klagte ich. »Ich muss unbedingt genau schildern, was zwischen Guy und Zoe abläuft, aber je mehr ich daran arbeite, desto hölzerner wird es.«
Sie biss an. Innerhalb von Sekunden waren wir dabei, die Szene durchzuspielen, die ich schreiben musste. Es dauerte nur ein paar Minuten, und schon waren wir dabei, das Schreiben zu üben und uns dabei wie Stanislawskis Schauspielschüler völlig mit den Figuren zu

identifizieren. »Ich kann's gar nicht glauben, wie scharf du mich machst«, seufzte sie.

»Oh Gott. Ich auch nicht ...« Absichtlich ließ ich eine Pause entstehen, in der sich unser hörbar schweres Atmen über Tausende von Meilen vermischte. »Es wäre doch äußerst unhöflich, dich in diesem Zustand zu verlassen«, sagte ich mit der Absicht, den Ton ironischer englischer Höflichkeit zu treffen, den Amerikaner so lieben. Und natürlich hatte sie nichts einzuwenden, als ich bei der Unterhaltung noch einen höheren Gang einlegte. Ich wusste, was sie hören wollte, und sagte ihr genau das. Ich beschrieb die herrlich anstößigen Dinge, die ich mit ihr machte, und die verbotenen Phantasien, die sie mir entgegenbrachte. Zuerst sagte sie fast nichts, aber das änderte sich. Als der Damm brach, war es, als spielten wir eine neue olympische Disziplin, den Wettbewerb im gegenseitigen Aufgeilen.

Das Besondere an Telefon- oder Cybersex ist, dass jeder der oder die perfekte Geliebte sein kann. Ich hatte mir alles genau angesehen, was Allie je über Sex gesagt hatte, und gründlich darüber nachgedacht, welche Art Porno sie in Fahrt brachte. Weil ich nur Interesse daran hatte, sie damit zu beeindrucken, wie wunderbar wir zusammenpassten, konnte ich ihr alles geben, was sie sich je gewünscht hatte, ohne auch nur einen Moment überlegen zu müssen, ob es mich erregte oder mir widerstrebte. Frauen können überall und jederzeit so tun als ob. Männer müssen unsichtbar bleiben, um dasselbe Resultat zu erreichen. Dieses erste Mal am Telefon war es mir wirklich egal, ob ich kam oder nicht.

Es war mir nur wichtig, Allie nicht von der Angel zu lassen.
Dass ich so gewaltig kam, bestätigte mir, wie recht ich damit gehabt hatte, sie auszuwählen.
Wir nutzten Jeffreys Abwesenheit optimal.
Nur hatte ich nicht damit gerechnet, dass das Semester fast vorbei war. Jeffrey verbrachte immer mehr Zeit zu Hause, korrigierte Referate und schrieb seine neuesten Abhandlungen.
Aber merkwürdigerweise wirkte sich auch das zu meinem Vorteil aus. Es bedeutete, dass wir uns nicht so oft anrufen konnten, wie Allie es sich wünschte. Und nichts lässt den Wert einer Ware stärker in die Höhe schnellen als ihre Knappheit.
Nach drei Wochen drehte sie praktisch durch.

> Ich dachte nicht, dass ich mich so fühlen würde, Larry. Aber ich kann an nichts anderes denken, als mit dir zusammen zu sein, im Cyberspace oder am Telefon. Ich verstehe es nicht. Ich habe nicht plötzlich aufgehört, Jeffrey zu lieben oder so etwas. Ich will ihn nicht verlassen und mit dir durchbrennen. Wir wissen beide, zwei Schriftsteller unter demselben Dach – das könnte nur in einer Katastrophe enden. Aber es muss geklärt werden, welches Feuer uns mit seiner Glut verbindet, und ich glaube nicht, dass wir das schaffen können, ohne eine gewisse Zeit zusammen zu verbringen. Ich weiß, ich werde dich im Oktober in Washington bei der Tagung sehen, aber das ist

nicht der passende Rahmen, um herauszufinden, was hier wirklich vor sich geht.
Ein xxx

Liebste Allie,
<das ist nicht der passende Rahmen, um herauszufinden, was hier wirklich vor sich geht>.
Du hast recht. Wir können es so machen. Du kannst Jeffrey sagen, du seist zu einer Tagung in Europa eingeladen, um dort über deine Bücher zu sprechen. Such einen Ort aus, den zu besuchen ihn nicht gerade begeistert, und wähle ein Datum, an dem er andere Verpflichtungen hat, die er unmöglich streichen kann. Ich schicke dir die Flugtickets und die Reservierung fürs Hotel und du kommst hier herüber. Wir werden fünf Tage oder so für uns haben. So oder so werden wir herausfinden, worauf wir zusteuern.
Ich weiß, ich sollte das nicht sagen, Allie. Aber ich liebe dich.
Larry

Natürlich konnte sie nicht widerstehen. Wir einigten uns auf fünf Tage in Brüssel. Jetzt musste ich anfangen, sehr, sehr vorsichtig zu sein. Es durfte keinerlei Grund zu Misstrauen geben. Ich nahm die Autofähre von Harwich nach Hoek van Holland und fuhr nach Brüssel weiter. Dann kaufte ich in einem Reisebüro, in dem viel los war, ein Flugticket auf Allies Namen und bezahlte es bar. Ebenfalls auf ihren Namen buchte ich ein Hotel-

zimmer, das ich bar anzahlte. Das Ticket und die Buchung schickte ich von Brüssel aus mit Federal Express, zusammen mit einem Brief, den ich auf dem Computer zusammengeschustert hatte, damit ihre Geschichte glaubwürdig erschien und Jeffrey überzeugte.
Die zwei Wochen dazwischen waren eine Qual. Für Allie war es einfacher. Sie hatte schon mehr als nur einen Vorgeschmack davon gehabt, wie man sich fühlt, wenn die Phantasie zur Wirklichkeit wird. Aber das glühende Verlangen, das mich in dieses Komplott hineingedrängt hatte, wurde mit jedem Tag stärker. Sie hatte ihre Befriedigung gehabt. Meine sollte noch kommen, und die Begierde nagte an mir wie ein unablässiges emotionales Sodbrennen.
Am Abend bevor sie fliegen sollte, verfasste ich sehr sorgfältig eine E-Mail.

Liebste Allie,
Ich weiß, du wirst das für paranoid halten. Aber ich denke an deine und Jeffreys Zukunft. Ich weiß, dass du nicht sicher bist, was die Zukunft bringen wird, aber es ist sehr gut möglich, dass du deine Beziehung fortsetzen willst.
Es ist also wichtig, dass er während deiner Abwesenheit nichts findet, was ihn darauf stößt, dass es einen Grund zum Zweifel an deinen Gefühlen geben könnte.
Nach dem was du mir gesagt hast, weiß ich, dass du unsere E-Mails in einem extra Ordner für erhaltene Post in deinem Verzeichnis gespeichert

hast. Du musst den Inhalt des ganzen Ordners löschen. Ich weiß, dass du unseren Briefwechsel nicht zerstören willst, aber ich habe hier alles gespeichert und werde dir eine Kopie schicken, sobald ich nach Hause komme. Ich meine einfach, wir sollten das Schicksal nicht herausfordern. Es könnte sich auf schreckliche Weise rächen.
Was meinst du?
In Liebe, auf ewig
Larry

Oh Gott, Schatz, du weißt nicht, was du da von mir verlangst. Im Grunde weiß ich, dass du recht hast, aber ich habe das Gefühl, mir das Herz aus dem Leib zu reißen, wenn ich all die wunderbaren Dinge lösche, die du mir gesagt hast (ganz zu schweigen von den unfeinen und unanständigen, he, he, he).
Ab er ich werde es tun. Als letztes, bevor ich weggehe. Ich habe dir nie gesagt, dass ich alle deine E-Mails an mich ausgedruckt habe. Wenn Jeffrey heute nachmittag im Fitness-Center ist, stecke ich sie in den Shredder. Es fällt mir schwer, das zu tun, aber es ist vernünftig.
Wie es in einem Song heißt: I can't wait to meet you …
Alles Liebe
Ein xxx

Erst als ich ans Ende der E-Mail kam, merkte ich, dass ich den Atem angehalten hatte. Ich musste lächeln. *Braves Mädchen, Allie*, dachte ich. Jetzt würde es in ihrem Computer keine nachprüfbaren Spuren mehr von mir geben. Nichts für den vorwitzigen Jeffrey, was er finden konnte, wenn er nach Gründen dafür suchte, warum Allie keinen Sex mehr mit ihm hatte.

In dieser Nacht setzte ich noch einmal nach Holland über. Ich nahm ein Zimmer in einem Hotel in der Nähe des Fährhafens. Dann schloss ich meinen Laptop an die Telefonleitung an und machte alles bereit, damit er bis Mitternacht alle dreiundsiebzig Minuten automatisch Mails verschickte und empfing. Auf diese Weise wäre festgehalten, dass ich den Tag über vom Zimmer aus telefonierte, sollte ich jemals Jeffrey davon überzeugen müssen, dass ich niemals in der Nähe seiner geliebten Allie war. Ich ging die Treppe hinunter und verließ unauffällig die Hotelhalle, in der sich eine Seniorengruppe aus Ipswich aufhielt.

Für die Fahrt nach Brüssel nahm ich mir Zeit. Es war mir klar, wie fahrig ich war, und ich wusste, dass das leicht zu einem Fahrstil führte, der eine Verwarnung von der Verkehrspolizei nach sich ziehen konnte. Ich kam ungefähr zur gleichen Zeit im Hotel an, zu der Allies Flugzeug landen sollte. Ich fand einen Platz, wo ich das Auto einwandfrei parken konnte, etwa fünfzehn Minuten zu Fuß, und hatte nichts dabei außer dem Koffer für meinen Laptop, in dem ich einen leichten Regenmantel mitführte, den ich in Holland gekauft hatte. Bar natürlich.

An der Ecke gegenüber vom Hotel war eine ziemlich volle Bar, und ich drückte mich an einen Platz am Fenster, wo ich den Eingang beobachten konnte. Ich wusste jetzt, wie sie aussah. Sie hatte es zwar abgelehnt, mir ein Foto zu schicken, und behauptet, ich würde nur enttäuscht sein und sie nicht treffen wollen. Aber ich hatte sie endlich in einem Artikel ihrer Lokalzeitung im Internet gefunden. Dort hatte man ein Foto von ihr veröffentlicht, wie sie Bücher signierte. Wie ich mir schon gedacht hatte, war sie nicht schön. Hässlich war sie auch nicht. Aber man konnte verstehen, dass sie ihre Teenagerjahre als Mauerblümchen verbracht hatte. Die Dicke, mit der niemand tanzen wollte.

Etwa nach einer Stunde stieg sie aus einem der ständig vorfahrenden Taxis. Ich sah zu, wie der Page ihr den Koffer abnahm, und bemerkte kurz ihr nervöses Stirnrunzeln. Dann wartete ich etwa zehn Minuten, rief von der Bar aus das Hotel an und verlangte mit meinem besten amerikanischen Akzent Ms. James.

Als ich ihr vertrautes »Hallo?« hörte, fing mein Herz an zu rasen. Ich war so nahe dran. Schon so lange hatte ich mir diese Szene ausgedacht und sie durchgeprobt, dass ich bei dem Gedanken, sie werde jetzt Wirklichkeit, bereits einen Steifen bekam.

»Ich bin's«, sagte ich. »Ich brauche ungefähr noch zwanzig Minuten.«

»Oh Gott«, sagte sie mit versagender Stimme. »Larry, ich hab solche Angst. Ich werde eine große Enttäuschung sein.«

»Überhaupt nicht«, sagte ich. »Ich kenne doch die inne-

ren Werte der Frau. Und sie ist schön. Ich bin so froh, dass du hier bist.«
»Ich auch. Zwanzig Minuten hast du gesagt?«
»Weniger, wenn ich es schaffe.«
Sie lachte leise vor sich hin. »Nein. Ich muss noch duschen und etwas Reizvolleres anziehen.«
»Zwanzig Minuten«, sagte ich bestimmt.
»Du bist so gebieterisch«, neckte sie.
»Glaub's nur«, sagte ich.

Sie öffnete die Tür so schnell, dass ich mich fragte, ob sie wartend dahinter gestanden hatte. Wäre ich verliebt gewesen, ihr Anblick wäre sicher atemberaubend gewesen. Sie trug eine Schößchenjacke aus schwarzer Spitze mit Push-up-BH. Dazu hauchdünne schwarze Strümpfe und Schuhe mit hohen Bleistiftabsätzen. Mit angewinkeltem Bein, eine Hand auf der Hüfte, die andere an der Tür, stand sie in einer Stellung da, die allgemein als aufreizend gilt. Sie hatte ihr Bestes getan. Es war so gut, wie es nur sein konnte, wenn man die Gaben bedachte, mit denen die Natur sie ausgestattet hatte.
Glauben Sie mir, es war nicht das, was ich sah, was meine Erektion neuerlich belebte. Es war die Gewissheit, dass mein ganzes sorgfältiges Planen sich so perfekt ausgezahlt hatte, wie ich es mir in meiner Phantasie immer ausgemalt hatte.
Ihr Lächeln war verhalten, im absoluten Gegensatz zur Schamlosigkeit ihrer Pose. Ich trat vor und zog leise die Tür hinter mir zu. »Wow«, sagte ich.
»Meinst du das ernst?«

Ich nickte, ließ meine Tasche fallen und näherte mich ihr. »Ich meine es ernst.« Ich vergrub mein Gesicht in ihrem Haar. Sie hatte keine Zeit gehabt zu duschen, und es hatte jenen leichten Moschusgeruch, den Frauen sich immer loszuwerden bemühen. Ich legte meinen Arm um sie und schob sie zurück auf das extragroße Bett, das ich ausdrücklich verlangt hatte, als ich das Zimmer reservierte. Sie bedeckte mein Gesicht mit Küssen, während wir uns langsam rückwärts bewegten. Ich knabberte an ihrem Ohr und stöhnte leise. Diesmal war es keine Berechnung. Meine Reaktion war echt.

Sie fiel auf das Bett zurück und ich ließ mich mit ihr fallen, mein Knie zwischen ihren Schenkeln. Ich fühlte durch den Wollstoff meiner Hose, wie feucht sie war. Ihre Hand tastete nach meinem Schwanz und schob meine Jacke zur Seite. Mit einer Hand berührte ich ihr Gesicht und strich das Haar zurück, so dass ich ihr in die Augen sehen konnte.

Dann griff ich mit der freien Hand nach hinten und zog das Messer aus dem Hosenbund. Als ich es ihr wieder und wieder in die Seite stieß, presste sich ihre Hand krampfhaft zuckend gegen mich.

Ich glaube, ich kam, als sie starb.

Wie gesagt, wir hatten praktisch schon alles miteinander gemacht, bevor wir uns trafen. Aber eben doch nicht alles.

Wer den Wagen ins Rollen bringt

Ich hätte mir nie träumen lassen, dass mir die Kunst durchzuschlafen durch einen juristischen Präzedenzfall wiedergeschenkt werden würde. 1961 hatte es zum Fall einer durch Fahrlässigkeit verursachten Ölkatastrophe im Hafen von Sydney eine Anhörung im britischen Kronrat, dem Privy Council, gegeben. Das Öl verschmutzte eine nahegelegene Werft und tat – trotz der Expertenmeinung, dass es nicht in Brand geraten könne – genau das, was es nicht sollte, als die Werftbesitzer mit Schweißarbeiten begannen. Das Feuer verursachte so hohen Schaden, dass es sich lohnte, vor Gericht zu gehen. Der Kronrat entschied schließlich, dass die Art des dem Kläger entstandenen Schadens im vernünftigen Rahmen vorhersehbar sein müsse. Als Roger, der todlangweilige Handelsattaché der Botschaft, sich gestern abend in der Bar des Proyekt OGI wortreich über diese Geschichte ausließ, hätte er sich wohl kaum vorstellen können, dass sie mein Leben so dramatisch verändern würde. Aber Rechtsanwälte sind ja noch nie für ihre Phantasie berühmt gewesen.

Die Nähe zwischen Opfer und Tathergang. Ein weiteres juristisches Prinzip, das Roger in seinem Vortrag

erwähnte. Es ging dabei um die Zahl der Zwischenstufen zwischen Ursache und Wirkung. Ich glaube, zu diesem Zeitpunkt hörte nur noch ich ihm zu, und zwar nur, weil es mich an die Ursache meiner schlaflosen Nächte denken ließ.
Obwohl damit die Saat für das folgende Geschehen ausgestreut war, als mein Chef beschloss, den Biographen und Bestsellerautor Tom Uttley zu einer Russlandreise mit dem British Council einzuladen, bin ich dafür nicht verantwortlich. Der erste Punkt, an dem meine Verantwortung beginnt, betrifft den Nachtzug von Moskau nach Petersburg.
Seit Tom zwei Tage zuvor auf dem Flughafen Scheremetjewo gelandet war, hatte ich mich um ihn gekümmert. In der ganzen Zeit hatte ich ihn kein einziges Mal lächeln sehen. Er hatte an der Universität einen schwermütigen Vortrag gehalten, sich verdrossen an das Publikum in der Bibliothek des British Council gewandt, in zwei Buchhandlungen deprimierende Signierstunden abgehalten und schlecht gelaunt an einem Empfang in der irischen Botschaft teilgenommen. Selbst das Wetter schien seine Stimmung widerzuspiegeln, graue Wolken hingen tief über Moskau und machten den April zum Herbst. Normalerweise ist das Umsorgen von Autoren der Teil meiner Arbeit, den ich am liebsten mag, aber mit Tom Zeit zu verbringen war ungefähr so amüsant wie ein Loch im Schuh mitten im russischen Winter. Wir alle hatten uns von Toms Besuch etwas Glanz erwartet. Seine Sendereihe auf Channel Four, fürs Fernsehen bearbeitete Biographien, hatten uns einen strah-

lenden Adonis mit leuchtenden Augen und einem freundlichen Lächeln erwarten lassen. Stattdessen bekamen wir einen finster dreinblickenden, missgünstigen Kerl zu sehen.

Am ersten Abend hatte er beim Abendessen seinen Wodka wie ein geübter Russe hinuntergekippt und brütete dann vor sich hin wie der traurigste Slawe im ganzen Kaukasus. Auf dem kurzen Weg zum Hotel fragte ich ihn, ob alles in Ordnung sei. »Nein«, sagte er knapp. »Meine Frau hat mich gerade verlassen.«

Aha, dachte ich. Lass die Finger davon, Sarah. »Oh«, sagte ich, glaube ich.

Beim letzten Termin seines Moskaubesuchs signierte er seine Bücher, und ich ging danach mit ihm zum Essen, um die Zeit bis Mitternacht herumzubringen, wenn der Zug nach St. Petersburg abfahren würde. Da brach der Damm. Er fühle sich elend, gab er zu. Es sei bestimmt schrecklich für mich, ihm Gesellschaft leisten zu müssen. Aber Rachel habe ihn nach achtjähriger Ehe verlassen. Es gab keinen anderen Mann, habe sie gesagt. Sie finde ihn einfach langweilig, hätte seine Berühmtheit satt, und sie sei es leid, sich immer intellektuell unterlegen zu fühlen. Ich erklärte, dass diese Gründe sich eigentlich widersprächen.

Das munterte ihn etwas auf. Und plötzlich kam die Sonne heraus. Er benahm sich, als hätte ich an etwas gerührt, das ihn die ganze Sache weniger schwer nehmen ließ. Er strahlte, und ich sonnte mich in seinem warmen Lächeln. Bald lachten wir miteinander, erzählten uns Geschichten aus unserem Leben und tauschten Vertraulichkeiten aus. Wir flirteten, nehme ich an.

Kurz vor Mitternacht stiegen wir in den Zug, und jeder brachte das Gepäck in sein eigenes Abteil erster Klasse. Dann holte Tom eine Flasche Sekt aus Georgien aus seiner Tasche. »Einen Schlummertrunk?«, schlug er vor. »Warum eigentlich nicht?« Ich war in der Stimmung dazu, ganz unvernünftig aufgeheitert durch seine wunderbare Gesellschaft. Er setzte sich neben mich auf das Schlafwagenbett, und es schien einfach nur natürlich, dass er mir den Arm um die Schultern legte. Ich erinnere mich, wonach er roch. Ein herber, männlicher Geruch mit einem Hauch würzigen Rasierwassers und einer schwachen Note Zimt. Wenn ich ehrlich bin, muss ich zugeben, dass ich mir wünschte, er möge mich küssen, noch bevor er es tatsächlich tat. Ich war von seinem Charme hingerissen. Aber er tat mir wegen des Schmerzes auch leid, den man ihm die zwei Tage lang so deutlich angemerkt hatte. Und vielleicht, nur ganz vielleicht, gab die Dr. Schiwago-Romantik des Nachtzugs den Ausschlag.

Ich tue so etwas gewöhnlich nicht. Was sage ich da? Ich tue so etwas *nie*. In den vier Jahren, die ich mit der Jagd auf Autoren verbracht habe oder die sie hinter mir her waren, hatte ich der Versuchung nicht ein einziges Mal nachgegeben. Aber Tom setzte sich über all meine professionellen Abwehrmechanismen hinweg, und ich stöhnte in seinen Armen von Moskau bis St. Petersburg. Am Morgen beteuerte er, ich hätte sein Herz geheilt. Als wir drei Tage später St. Petersburg verließen, hatten wir vereinbart, uns in London zu treffen, wo ich in zehn Tagen an einer Konferenz teilnehmen sollte. Ich war schon lange nicht mehr verliebt gewesen, und es war nicht schwer, sich in einen Mann zu verlieben, der gut aussah, intelligent und amüsant war und mich unwiderstehlich zu finden schien.

Zwei Tage später bekam ich seine erste E-Mail. Misstrauisch und nervös hatte ich Stunde für Stunde, in der ich nicht gerade schlief, nachgesehen. Es zeigte sich, dass ich guten Grund gehabt hatte, unruhig zu sein. Die Mail war kurz und schroff. <Liebe Sarah, Rachel und ich haben beschlossen, dass wir versuchen wollen, unsere Probleme zu lösen. Es wird dich nicht überraschen, dass ich meine Ehe als oberste Priorität sehe. Ich glaube also, es ist am besten, wenn wir keinen Kontakt mehr haben. Es tut mir leid, wenn sich das kalt anhört, aber anders kann man es nicht sagen. Tom.>

Ich war wie vor den Kopf geschlagen. Es war nicht nur kalt, sondern brutal. Ein harter Schlag unter die Gürtellinie, der mir die Luft nehmen und verhindern sollte, dass ich mich wieder hochrappelte. Ich spürte den Schock körperlich in der Magengrube.

Natürlich machte ich mir Vorwürfe wegen meiner Dummheit, und dass ich so bereitwillig geglaubt hatte, ein charismatischer Mann wie Tom könnte sich in mich verlieben. Die gute alte zuverlässige Sarah, der dienstbare Geist, der die Bedürfnisse der Autoren schon erraten hatte, bevor sie sie überhaupt aussprechen konnten. Ich kam mir so blöd vor. Eine gekränkte Närrin, die sich hatte ausnutzen lassen.

Die Zeit verging, aber tief im Inneren hatte ich immer noch diese wunde Stelle. Tom Uttley hatte mir mehr geraubt als ein paar Nächte sexueller Lust. Er hatte mir das Vertrauen in meine Urteilskraft genommen. Ich erzählte niemandem von meiner Demütigung. Es hätte zu wehgetan.

Dann kam Lindsay McConnell. Sie ist eine preisgekrönte Dramatikerin, die eine Reihe von Workshops über die Adaption von Theaterstücken für den Hörfunk halten sollte. Sie war absolut professionell und leicht zu umsorgen. Und wir verstanden uns gleich sehr gut. An ihrem letzten Abend führte ich sie in mein Lieblingsrestaurant in Moskau, ein traditionelles georgisches Lokal in einem Hof des armenischen Viertels. Wir tranken genüsslich Wein, tauschten dabei allerhand Klatsch aus und kicherten. Dann erwähnte sie beim Erzählen einer Anekdote Tom Uttley. Als ich nur seinen Namen hörte, verkrampfte sich mein Magen. »Du kennst Tom?«, fragte ich und gab mir Mühe, nicht allzu interessiert zu klingen.

»Ach Gott, ja. Ich habe mit Rachel, seiner Frau, studiert. Ihr hattet ja Tom letztes Jahr hier, oder? Er sagte, es sei wirklich anregend gewesen.«

Das glaub ich, dachte ich erbittert. »Wie geht's ihnen jetzt, Tom und Rachel?«, fragte ich, dem Bedürfnis des echten Masochisten nachgebend, sich nichts, aber auch gar nichts zu ersparen. Lindsay sah verwundert auf. »Was meinst du damit, wie es ihnen jetzt geht?«

»Als Tom hier war, hatte Rachel ihn gerade verlassen.«

Sie runzelte die Stirn. »Bist du sicher, dass du ihn nicht

mit jemand anderem verwechselst? Sie stehen fest zusammen wie ein Fels in der Brandung, Tom und Rachel. Weiß Gott, wenn ich mit ihm zusammen wäre, hätte ich ihn schon vor Jahren umgebracht, aber Rachel findet ihn absolut göttlich.«

Jetzt runzelte ich die Stirn. »Er sagte mir, sie hätte ihn gerade verlassen. Er war wirklich deprimiert.«

Lindsay schüttelte den Kopf. »Ach, das passt zu Tom. Er hasst Reisen, weißt du. Er würde alles tun, um ein bisschen Mitgefühl herauszupressen und sich erstklassige Behandlung zu sichern. Er mag es einfach, wenn alle sich um ihn bemühen, Sarah. Aber ich sage dir, Rachel hat ihn nie verlassen. Jetzt fällt mir ein, ich war in der Woche, als er in Russland war, zum Essen bei ihr. Rachel, ich und zwei ihrer Kolleginnen. Vom *Material Girl*, weißt du. Der Zeitschrift, für die sie arbeitet. Ich glaube, wenn sie sich getrennt hätten, hätte sie es wohl erwähnt, meinst du nicht?«

Ich hoffte nur, dass ich nicht so fassungslos aussah, wie ich mich fühlte. Ich hatte mich nie zuvor für dumm gehalten, aber dieser berechnende Mistkerl hatte mir etwas vorgeschwafelt und mich wie den blödesten Fisch im ganzen Teich an Land gezogen. Aber natürlich fand ich trotzdem, dass ich mehr Schuld daran trug als er, weil ich eine Frau bin und es uns beigebracht wird, so zu denken. Ich hatte offensichtlich das Signal ausgesandt, offen und leichtgläubig zu sein, und er hatte einfach nur die richtigen Worte gefunden, um sich das zunutze zu machen.

Ein paar Wochen später war ich beim Book Festival in

Edinburgh, das uns, die Typen vom British Council, so anzieht wie Pollen die Bienen, und ich litt noch immer unter der aus meiner Sicht selbstverschuldeten Wunde. Aber wenigstens würde ich hier endlich die Chance haben, Camilla, meiner in Jerusalem arbeitenden Kollegin, von meiner Dummheit zu erzählen. Wir hatten vor Jahren in Paris zusammengearbeitet und waren Busenfreundinnen geworden. Der einzige Grund, weshalb ich ihr nicht schon früher von Tom erzählt hatte, war der, dass mir die Geschichte jedes Mal, wenn ich sie als E-Mail niederzuschreiben versuchte, so schwachsinnig vorkam. Es brauchte wohl einen Abend, an dem wir Frauen bei einer guten Flasche Rotwein zusammensaßen, um offen darüber sprechen zu können.
Spät am zweiten Abend, nach einer besonders zermürbenden Veranstaltung von Amnesty International, stahlen wir uns zu der Wohnung zurück, die wir uns mit zwei Kollegen vom Berliner Büro teilten, und es kam endlich zu meinem Geständnis. Ich rang mir den Bericht langsam ab und dabei führte mir Camillas fassungsloser Gesichtsausdruck wieder deutlich vor Augen, wie einfältig ich gewesen war. Auch ihr entsetztes Schweigen zeigte es. »Ich kann's nicht glauben«, flüsterte sie.
»Ich weiß, ich weiß«, stöhnte ich. »Wie konnte ich nur so blöd sein?«
»Nein, nein«, sagte sie wütend. »Ich meine nicht dich, Sarah, sondern Tom Uttley.«
»Was?«
»Dieser falsche Dreckskerl. Er hat genau denselben Trick mit Georgie Bullen in Madrid abgezogen. Genau

den gleichen Spruch, dass seine Frau ihn verlassen habe. Sie hat es mir erzählt, als ich letzten Monat zur Semana Negra runtergeflogen bin.«

»Aber ich dachte, Georgie lebt mit jemandem zusammen?«

»So war es auch«, sagte Camilla. »Mit Paco, er ist Inspizient an der Oper. Sie war mit Uttley auf einer Lesereise nach Granada hinuntergeflogen, und da ist es passiert. Georgie verabschiedete sich von dem Schwein am Flughafen und ist sofort nach Hause gegangen, um Paco zu sagen, es sei aus, sie hätte einen anderen kennengelernt. Sie hat ihn rausgeworfen und bekam dann zwei Tage später von Tom die vernichtende E-Mail.«

Wir sahen uns mit offenem Mund an. »Der Scheißkerl«, sagte ich. Zum ersten Mal war meine Wut stärker als Selbstmitleid und Schmerz.

»Mistkerl«, pflichtete mir Camilla bei.

Wir tranken den Rest der ersten und den größten Teil einer weiteren Flasche und sannen auf Rache an Tom Uttley, aber wir wussten beide, dass es unmöglich war, nach Moskau zurückzukehren und dort einen Killer zu suchen, der ihn umlegen würde. Das Problem war, uns fiel nichts ein, das ihn blamieren würde, ohne uns als dumme leichtgläubige Gänse dastehen zu lassen. Auch wenn sie so täten, als sei es nicht so, würden doch die meisten Männer denken: Alle Achtung, da hat er sich aber einen todsicheren Trick ausgedacht, um einen wegzustecken. Und die meisten Frauen würden denken, dass wir für unsere Einfältigkeit bekommen hatten, was wir verdienten.

Hoch oben – neuntausend Meter über Polen – kam mir die rettende Idee. Die Frau neben mir hatte *Material Girl* gelesen und bot mir die Zeitschrift an, als sie fertig war. Ich sah mir das Impressum an, weil ich neugierig war zu erfahren, was genau Rachel Uttleys Aufgabe bei der Zeitschrift war. Ihr Name stand ziemlich weit oben auf der Liste. *Literaturredaktion: Rachel Uttley*. Ein schneller Blick auf das Inhaltsverzeichnis half mir herauszufinden, dass Rachel neben der Bücherseite auch für die Auswahl der drei Kurzgeschichten verantwortlich war. Und hier stand am Ende der dritten, dass Geschichten, die man veröffentlicht sehen wollte, an sie zu schicken seien.

Ich habe immer schon schreiben wollen. Einer der Gründe, warum ich überhaupt diese Stelle annahm, war, dass ich so viel wie möglich von denen lernen wollte, die beim Schreiben Erfolg haben. Auf meiner Festplatte habe ich einen halb fertigen Roman, aber ich dachte, jetzt sei es an der Zeit, mich an einer Kurzgeschichte zu versuchen.

Nach zwei Tagen hatte ich sie fertig. Die Hauptfigur war ein Schriftsteller, der Biographien schrieb und sich darauf spezialisiert hatte, auf Auslandsreisen Kolleginnen zu verführen. Dabei erzählte er immer, dass seine Frau ihn verlassen habe. Sobald er nach Haus zurückkehrt, lässt er sie fallen. Als eines der Opfer merkt, was er treibt, entlarvt es den vielfachen Ehebrecher, indem es seiner Frau, der Lektorin einer Zeitschrift, eine Kurzgeschichte schickt, die seine Schandtaten aufdeckt. Und seine Frau, die ihren untreuen Mann in der

Hauptfigur dieser Geschichte erkennt, verlässt ihn schließlich.
Bevor ich es mir anders überlegte, druckte ich die Geschichte aus und steckte sie in einen an Rachel bei *Material Girl* adressierten Umschlag. Dann wartete ich ab. Zwei Wochen lang geschah nichts.
Dann saß ich eines Morgens im Büro und las den Online-Newsletter der BBC. Sofort fiel mir sein Name auf. *Tom Uttley stirbt bei Einbruch* war die Schlagzeile im neuesten Nachrichtenteil. Ich klickte auf »Lesen Sie weiter«.

> Der Bestsellerautor von Biographien und TV-Moderator Tom Uttley ist heute vormittag in seinem Haus im Norden Londons tot aufgefunden worden. Es wird vermutet, dass er einen Einbrecher überraschte. Er starb an einer Stichwunde im Bauch. Nach Aussagen der Polizei gab es Anzeichen für einen Einbruch im hinteren Teil des Hauses.
> Uttley wurde von seiner Frau Rachel, einer Journalistin, gefunden. Die Polizei sucht Zeugen, die einen oder zwei flüchtende Männer gesehen haben, die sich in den frühen Morgenstunden vom Tatort entfernten.

Ich musste die einzelnen Wörter drei- oder viermal lesen, bevor sie sich gesetzt hatten. Plötzlich störten mich seine Lügen nicht mehr. Ich konnte nur noch an seinen Blick denken, als er mir tief in die Augen sah, an sein zwangloses, strahlendes Lächeln und die Berührung seiner Hand. An den sprühenden Witz seiner Unterhaltung. An das Leben in ihm, das jetzt ausgelöscht war. An die Bücher, die er niemals mehr schreiben würde.

Mehrere Tage lang, die ich wie betäubt verbrachte, verfolgte ich den weiteren Verlauf der Dinge im Internet. Nach und nach kamen Einzelheiten heraus. Bereits ein paar Monate zuvor hatte es in ihrem Haus einen Einbruchsversuch gegeben. Rachel, die schlecht schlief, hatte Schlaftabletten genommen und sich Ohropax in die Ohren gesteckt, bevor sie zu Bett ging. Tom, so vermutete die Polizei, hatte Glas splittern hören und war hinuntergegangen, um nachzusehen. Der Eindringling hatte ein Messer von der Arbeitsplatte genommen und es ihm in den Bauch gestoßen, bevor er floh. Tom war auf dem Küchenboden verblutet. Es hatte wohl eine Weile gedauert, bis er starb, nahm man an. Und Rachel war zum Frühstück heruntergekommen und fand ihn steif und kalt auf dem Küchenboden. Arme Rachel, dachte ich.

Am fünften Tag, nachdem die Nachricht herausgekommen war, fand ich einen großen braunen Umschlag in meiner Post, der mit der Maschine frankiert war und das Logo von *Material Girl* trug. Meine Geschichte hatte also den Weg zu mir zurückgefunden. Im Umschlag war auch eine handgeschriebene Nachricht von Rachel.

Liebe Sarah, vielen Dank für Ihre eingereichte Geschichte. Ich fand sie faszinierend und sehr an-

regend. Ja, ich muss sagen, sie hat mir so richtig die Augen geöffnet. Aber das Ende halte ich für ziemlich schwach und bedaure daher, dass wir sie leider nicht veröffentlichen können. Allerdings – Ihr Stil gefällt mir. Ich wäre sehr daran interessiert, mehr von Ihnen zu sehen.
Dankbar, Ihre Rachel Uttley.

Da wurde mir klar, was ich getan hatte. Wie Oscar Wilde hatte ich getötet, was ich liebte.
Danach fingen meine schlaflosen Nächte an.
Deshalb bin ich Roger und dem Fall, der unter dem Namen Wagon Mound (No.1) lief, so dankbar. Und dafür, dass ich das Prinzip der Nähe zum Tathergang begriffen habe. Ich habe es ihm zu verdanken, dass ich endlich erkannte: Ich war nicht die Schuldige. Auch Rachel war es nicht.
Der Schuldige ist derjenige, der den Wagen ins Rollen bringt. Tom Uttley selbst, schön, sexy und leichtsinnig.

Das Mädchen, das den Weihnachtsmann umbrachte

Es war am Abend vor dem Weihnachtstag nicht verwunderlich, dass Kelly Jane Davidson hellwach war, obwohl sie eigentlich gar nicht wach bleiben wollte. Schließlich glaubte sie nicht mehr an den Weihnachtsmann und erwartete nicht etwa, ihn im Wohnzimmer anzutreffen, nachdem er gerade durch den Schornstein in den gasbetriebenen künstlichen Kamin herabgestiegen war. Sie war ja schließlich fast acht Jahre alt.

Verächtlich dachte sie an das letzte Weihnachtsfest zurück, als sie praktisch noch ein Baby war – erst sechs – und wirklich noch geglaubt hatte, dass es in Lappland eine Fabrik gab, in der die Kobolde Spielzeug herstellten. Und dass es wirklich ein Rentiergespann gab, das mit Zauberkraft einen Schlitten über den Himmel zog und es irgendwie schaffte, allen Kindern der Welt ihre Säcke voller Geschenke zu bringen. Und dass sie wirklich dem Weihnachtsmann einen Brief schreiben könne, so dass er dann persönlich die Geschenke aussuchen und bei ihr abliefern würde.

Natürlich hatte sie vorher schon urlange gewusst, dass

die dicken Männer mit den roten Anzügen und den falschen Bärten, die sie vor einem protzigen Höhlenszenario auf ihren Knien sitzen ließen, nicht die richtigen Weihnachtsmänner waren. Es waren einfach Männer in einem Kostüm, die als Boten des echten Weihnachtsmannes kamen, Kelly Janes Wünsche weiterleiteten und ihr eine Ahnung von dem gaben, was sie am Weihnachtsmorgen erwartete.

Sie hatte sowieso gewisse Zweifel an der ganzen Geschichte, und als Simon Sharp ihr auf dem Spielplatz erzählt hatte, es gäbe keinen Weihnachtsmann, war sie nicht schockiert oder verstört gewesen. Sie hatte nicht versucht, dagegen anzureden wie ihre beste Freundin Sarah, die einen ganz roten Kopf bekam und ausgesehen hatte, als würde sie in Tränen ausbrechen. Wenn man es sich überlegte, war es doch eigentlich klar. Ihre Mum jammerte immer, wenn sie Sachen aus den Katalogen bestellt hatte und das Falsche bekam. Wenn die Katalogleute nicht einmal eine einfache Bestellung richtig auf die Reihe kriegten, wie konnte da ein dicker alter Mann mit ein paar Kobolden den Kindern auf der ganzen Welt an einem einzigen Abend die richtigen Spielsachen bringen?

Deshalb nahm Kelly Jane ohne das geringste Bedauern vom Weihnachtsmann Abschied. Vielleicht hätte es sie mehr aufgeregt, wenn sie nicht das Geheimnis des Wäscheschranks entdeckt hätte.

Ihre Mum war nach unten gegangen, um Tee zu machen, und Kelly Jane brauchte einen Kissenbezug, weil sie für ihre Lieblingspuppe einen Schlafsack machen

wollte. Sie hatte den Schrank geöffnet und dort im obersten Fach einen Stoß merkwürdig unförmiger Plastiktüten gesehen.
Es war zu hoch, um hinaufzureichen, aber als sie den Hals etwas verrenkte, sah sie in einer der Tüten die Ecke eines Pakets. Vor Aufregung fing ihr Herz heftig an zu klopfen, denn sie hatte sofort die Schachtel erkannt, die sie schon seit Wochen sehnsüchtig im Schaufenster des Spielzeuggeschäfts betrachtet hatte.
Leise hatte sie die Tür wieder geschlossen und war zu ihrem Zimmer zurückgeschlichen. Als sie sich die neue Barbiepuppe gewünscht hatte, hatte ihre Mum gesagt: »Warte mal ab, was der Weihnachtsmann dir bringt«, als ob sie noch ein dummes kleines Baby wäre. Und jetzt war die Puppe schon im Haus.
Als ihre Mum und ihr Dad später aus alter Gewohnheit im Wohnzimmer vor dem Fernseher saßen, kroch sie aus dem Bett und stieg auf einen Stuhl aus dem Kinderzimmer, um weitere Nachforschungen anzustellen. Danach war sie sehr zufrieden. Santa hin oder her, sie würde jedenfalls ein tolles Weihnachtsfest haben.
Und deswegen konnte sie auch nicht schlafen. Die Aussicht, mit ihren neuen Spielsachen spielen zu können, ganz zu schweigen davon, dass sie dann bei Sarah damit angeben konnte, war zu aufregend, als dass sie hätte einschlafen und sich in Träumen verlieren können. Unruhig stand sie auf und zog die Vorhänge zurück. Es war eine kalte, klare Nacht, und trotz des Lichtscheins von der Stadt konnte sie die Sterne und die dünne Mondsichel funkeln sehen, als hätte ein Messer sie aus

dem dunklen blauen Nachthimmel geschnitten. Aber kein Schlitten, keine Rentiere.
Sie wusste nicht, wie viel Zeit vergangen war, als sie die Schritte hörte. Ein schweres, unregelmäßiges Trampeln auf der Treppe. Weder der leichtfüßige Schritt ihrer Mutter noch der gemessene Gang ihres Vaters. Es waren stolpernde, ungleichmäßige, unsichere Schritte, als bewege sich dieser Jemand auf unbekanntem Gebiet.
Plötzlich merkte Kelly Jane, wie kalt ihr geworden war. Sie hatte Gänsehaut an Armen und Beinen, und an den kurzen Nackenhärchen kribbelte es unbehaglich. Wer – oder was – war da draußen in ihrem Haus, mitten in der Nacht?
Sie hörte einen dumpfen Aufprall und ein gedämpftes Stöhnen, als hätte jemand Schmerzen. Aber es hörte sich nicht nach jemandem an, den sie kannte. Es klang nicht einmal wie von einem Menschen. Eher wie ein Tier. Oder irgendein Monster wie in den Geschichten, die sie an Halloween in der Schule gelesen hatten. Trolle, die kleine Kinder auffraßen. Diese Trolle waren ihr nicht aus dem Sinn gegangen und sie hatte auf dem Nachhauseweg wochenlang einen weiten Umweg gemacht, damit sie nicht über die Überführung gehen musste. Sie wusste, dass es eigentlich keine richtige Brücke war wie die, unter denen Trolle wohnen, aber sie wollte kein Risiko eingehen. Sarah fand das auch, obwohl Simon Sharp sie beide ausgelacht hatte. Es wäre ihm recht geschehen, wenn er am Weihnachtsabend einen Troll bei sich im Haus gehabt hätte. Es war nicht fair, dass einer in ihr Haus gekommen war, dachte Kelly

Jane und versuchte sich in Wut zu reden, um die Angst zu vertreiben.
Aber es funktionierte nicht. Ihr Magen schmerzte. Sie hatte noch nie solche Angst gehabt, nicht einmal, als sie wegen einer Füllung zum Zahnarzt musste. Sie hätte sich am liebsten in ihrem Kleiderschrank versteckt, wusste aber, dass es dumm war, an einen Ort zu gehen, wo man so leicht zu fangen war. Außerdem musste sie wissen, was los war, wie schlimm es auch sein mochte. Auf Zehenspitzen schlich sie zur Tür und blinzelte heftig gegen ihre Tränen an. Vorsichtig drehte sie den Türgriff und machte ganz langsam die Tür ein paar Zentimeter auf. Das Licht auf dem Treppenabsatz war aus, aber sie konnte die schwachen Umrisse einer massigen Gestalt am Wäscheschrank sehen. Als sich ihre Augen an die tiefe Dunkelheit gewöhnt hatten, sah sie einen Arm, der sich zum oberen Fach hochreckte. Die Gestalt nahm die Päckchen und steckte sie in einen Sack. Ihre Päckchen! Ihre Weihnachtsgeschenke!
Mit schrecklicher Klarheit wusste Kelly Jane, dass dies hier kein Monster war. Es war ein Einbrecher, ganz einfach. Ein schlimmer Mann, der in ihr Haus eingebrochen war und ihre Weihnachtsgeschenke stahl! Empörung ergriff sie und verscheuchte im gleichen Augenblick alle Angst. Als die massige Gestalt das letzte Päckchen in den Sack steckte und sich wieder zur Treppe wandte, stürmte sie durch die Tür, raste zum Treppenabsatz und warf sich gerade, als er die erste Stufe hinuntergehen wollte, gegen die Beine des Einbrechers.
»Hau ab, du böser Einbrecher«, schrie sie.

Er verlor das Gleichgewicht und stürzte kopfüber die Treppe hinunter. Ein überraschter Aufschrei durchschnitt die Stille der Nacht wie eine Axt ein Holzscheit.

Kelly Jane prallte gegen das Geländer und fiel auf die oberste Stufe zurück, atemlos und begeistert. Sie hatte den Einbrecher aufgehalten! Sie war eine Heldin!

Aber wo waren ihre Eltern? Sie hatten doch sicher bei dem Krach nicht weitergeschlafen.

Sie machte die Schlafzimmertür auf und sah bestürzt, dass ihre Betten leer und die Vorhänge noch weit offen waren. Wo waren sie? Was war hier los? Und warum war der Alarm nicht losgegangen?

Wieder auf dem Treppenabsatz sah sie die Treppe hinunter und erblickte im Flur einen großen zusammengeknüllten Haufen. Er lag reglos da. Aufgeregt beschloss sie, selbst die Polizei zu rufen.

Ganz langsam ging sie die Treppe hinunter und ließ den Einbrecher nicht aus den Augen, für den Fall, dass er plötzlich aufspränge und sie verfolgte.

Einen vorsichtigen Schritt nach dem anderen näherte sie sich ihm.

Als sie drei Stufen vom Fuß der Treppe entfernt war, fiel gerade genug Licht durch die Glasscheiben der Haustür, dass Kelly Jane sehen konnte, was sie angerichtet hatte.

Dort mitten im Hausflur lag der Weihnachtsmann ausgestreckt auf dem Boden. Reglos. Sogar ohne zu atmen.

Sie hatte Santa Claus umgebracht.

Simon Sharp hatte unrecht, und was Sarah gesagt hatte, stimmte. Und jetzt hatte Kelly Jane ihn umgebracht.

Mit einem unterdrückten Schrei drehte sie sich um, rannte in ihr Zimmer zurück und schlug die Tür hinter sich zu. Jetzt fröstelte sie tatsächlich und zitterte am ganzen Körper. Sie sprang ins Bett und zog sich die Steppdecke über den Kopf. Aber es half nichts. Sie fühlte sich, als hätte sich ihr Körper in Stein und ihr Blut in Eis verwandelt. Sie konnte nicht aufhören zu zittern, ihre Zähne klapperten und krachten wie Popkorn in einem Topf.

Sie hatte Santa Claus umgebracht.

Überall auf der ganzen Welt würden die Kinder morgen früh aufwachen und keine Weihnachtsgeschenke haben, weil Kelly Jane Davidson den Weihnachtsmann ermordet hatte. Und alle würden wissen, wer schuld war, weil seine Leiche unten in ihrem Hausflur lag. Bis zu ihrem Tod würden die Leute auf der Straße mit Fingern auf sie zeigen und sagen: »Das ist Kelly Jane Davidson, das Mädchen, das Weihnachten ruiniert hat.«

Wimmernd lag sie zusammengerollt unter ihrer Decke, und tiefe Reue erfüllte ihr Herz. Nie mehr würde sie schlafen können.

Aber irgendwie tat sie es doch. Als ihre Mum die Tür aufstieß und »Frohe Weihnachten!« rief, schlief Kelly Jane noch fest. Einen wunderbaren Augenblick lang hatte sie vergessen, was passiert war. Dann fiel ihr alles wieder ein, und sie spähte ängstlich unter dem Rand der Decke hervor zu ihrer Mum. Sie schien nicht bestürzt oder besorgt zu sein. Wie konnte sie die Leiche im Flur übersehen haben?

»Willst du deine Geschenke nicht haben?«, fragte ihre Mum. »Ich kann nicht glauben, dass du immer noch im Bett liegst. Es ist neun Uhr. Du hast am Weihnachtsmorgen noch nie so lange geschlafen. Komm, der Weihnachtsmann ist da gewesen!«

Niemand wusste das besser als Kelly Jane. Was war geschehen? Hatten die Rentiere die Elfen geholt, die dann den Weihnachtsmann mitgenommen und ihre Geschenke dagelassen hatten? Würde sie das einzige Kind sein, das dieses Jahr Weihnachtsgeschenke bekam? Zögernd kroch sie aus dem Bett und ging langsam hinter ihrer Mum die Treppe hinunter. Erstaunt und voller Sorge sah sie die leere Fläche auf dem Flurteppich.

Mit schleppenden Schritten ging sie ins Wohnzimmer. Wie immer lag dort der Stoß bunt verpackter Geschenke unter dem Baum. Kelly Jane sah zu ihrer Mum hoch und runzelte angstvoll die Stirn. »Sind die alle für mich?«, fragte sie. Irgendwie fand sie es nicht richtig, noch belohnt zu werden, nachdem sie den Weihnachtsmann umgebracht hatte.

Ihre Mutter lächelte. »Alle für dich. Oh, und es war sogar eine Nachricht dabei.« Sie gab Kelly Jane eine Weihnachtskarte, auf der vorne ein Rentier abgebildet war.

Kelly Jane nahm sie behutsam und faltete sie auseinander. Innen stand in wackeligen Großbuchstaben: »Mach dir keine Sorgen. Du kannst mich nicht umbringen. Ich habe Zauberkräfte. Frohe Weihnachten, der Weihnachtsmann.«

Langsam erschien ein Lächeln auf ihrem Gesicht. Alles war in Ordnung! Sie hatte den Weihnachtsmann doch nicht umgebracht!
Bevor sie noch etwas sagen konnte, ging die Küchentür auf und ihr Dad kam herein. Er hatte das dickste blaue Auge, das Kelly Jane je gesehen hatte, sogar im Fernsehen. Die ganze eine Hälfte seines Gesichts hatte blaue Flecken und sein linker Arm war in Gips. »Was ist passiert, Dad?«, fragte sie und rannte zu ihm hin, um ihn in ihrer Bestürzung zu umarmen.
Er zuckte zusammen. »Achtung, Kelly, ich bin überall grün und blau.«
»Aber was ist denn passiert?«, fragte sie und trat etwas zurück.
»Dein Daddy hat gestern Abend bei der Weihnachtsparty im Büro ein bisschen zu viel getrunken«, sagte ihre Mutter hastig. »Er ist gestürzt.«
»Aber das geht wieder vorbei. Willst du nicht deine Geschenke aufmachen?«, fragte er und schob Kelly Jane sanft zum Baum hinüber.
Als sie anfing die Geschenke auszupacken, standen ihre Eltern da und sahen zu. »Das hab ich nun davon, dass ich dich am Abend vor Weihnachten allein im Haus gelassen habe«, sagte ihre Mum leise.
Ihr Dad versuchte zu lächeln, gab aber auf, als es zu wehtat. »Scheiß-Weihnachtsmannkostüm«, brummte er.

Auf dem Pfad der Tugend

Stellen Sie sich bloß mal vor, man müsste versuchen, einen normalen Job zu kriegen, wenn man sein ganzes Leben ein Gauner gewesen ist. Selbst wenn wir mal annehmen, ich würde es schaffen, mich irgendwie ohne Bewerbungsformular durchzumogeln, wie, verdammt noch mal, soll ich mich bei einem Vorstellungsgespräch durchwursteln, wo offizielle Gespräche bei mir doch immer so liefen, dass ich einen Anwalt neben mir sitzen hatte, der die doofen Blödmänner auf der anderen Seite des Tischs daran erinnerte, dass ich nicht verpflichtet wäre, auf ihre Fragen zu antworten? Ich meine, das ist wohl keine Taktik, die sich bei einem Personalchef besonders gut macht, oder?

Man kann sich das ja vorstellen, nicht wahr? »Mr. Finnieston, Ihre Bewerbung war ein bisschen vage, was die Zeitangaben angeht. Können Sie uns Ihren beruflichen Werdegang genauer schildern?«

Na ja, okay. Ich hab mit dem Einbrechen angefangen, als ich acht war. Meine zwei großen Brüder meinten, ich wäre klein genug, um in die Klofenster einzusteigen, deshalb brachten sie mir bei, wie man die Scheibe mit Gummisaugnäpfen festhält und mit einem Glasschneider rundherum ausschneidet. Ich nahm dann die Scheibe raus und gab sie ihnen hinunter, bin durch das Loch geschlüpft und hab ihnen die Hintertür aufgemacht. Dann trugen sie Fernseher, Video und den Stereo raus, während ich hinten Schmiere stand.

Aber alle guten Dinge finden mal ein Ende; als ich elf war, wurde ich zu groß für die Klofenster und außerdem wollte ich'n besseren Anteil als das, was die gierigen Kerle mir abgaben. Da hab ich mit Autos angefangen. Sie haben mich den Kerzenfritze genannt, weil ich mit 'ner Zündkerze losgezogen bin, die an ein Stück Kabel gebunden war. Man schwingt die Kerze rum wie'n Cowboy sein Lasso, und wenn sie schnell genug fliegt, dreht man nur mal kurz das Handgelenk, und bingo!, geht das Fenster auf der Fahrerseite in Stücke, wie eine von diesen falschen Fensterscheiben, die sie immer im Film haben. Macht kaum Krach.

Innerhalb von einer Minute war die Stereoanlage ausgebaut. Hab sie in den Pubs für 'n Fünfer das Stück verkauft. In einer guten Nacht konnte ich 'n Fünfziger verdienen, einfach so, ohne Stress.

Aber ich bin immer schon ehrgeizig gewesen, das war mein Untergang. Einer meiner Kumpels hatte mir gezeigt, wie man die Zündung kurzschließt, damit ich mit der Kiste samt Radio abziehen konnte. Aber dann hat einer von meinen Brüdern 'n bisschen mit 'nem Typ zusammengearbeitet, der hatte 'nen Gebrauchtwagenhandel mit Garage in Strangeways unten in 'ner ruhigen kleinen Nebenstraße. Da haben seine Leute die geklauten Autos hingebracht und sie zu ganz neuen Wagen

umfunktioniert. Die wurden dann an dämliche Kunden verkauft, die zu blöd waren, es zu merken.
Bloß war er nicht so clever, wie er gedacht hat, und einmal bin ich abends mit ’nem Ford Escort angekommen und voll in ’ne Razzia reingeraten. Alles voller Bullen an dem Abend, und ich bin in ’nem anderen Teil von Strangeways hinter Gittern gelandet. Natürlich war ich noch zu jung, um ganz normal zu sitzen, und mein Anwalt hat mich da rausgeholt und zugesehen, dass ich schleunigst ins Jugendgefängnis rüberkam, schneller als man »bisher unbescholten« sagen kann.
Es stimmt, was man über den Knast hört. Man lernt dort wirklich, ein besserer Gauner zu werden, wenn man nur all die amerikanischen Ratgeber in der Gefängnisbibliothek liest. Wenn du erfolgreich sein willst, dann tu dich mit erfolgreichen Leuten zusammen und mach alles, was sie machen. Nur ist natürlich jeder, den sie eingelocht haben, nicht mal halb so erfolgreich, wie er eigentlich sein sollte.
Jedenfalls, ich hab beobachtet und zugehört und viel gelernt und ’n paar gute neue Kumpel kennengelernt, damals als ich das erste Mal gesessen hab. Und als ich rauskam, hab ich mich gleich auf Größeres und Besseres verlegt. Damals waren Banken und Postfilialen noch ’ne ganz gute Einnahmequelle. Sie hatten sich noch kein bruchsicheres Glas und Gitter zugelegt und den ganzen Mist. Man lief rein, hat mit ’ner Knarre rumgewedelt, ist über’n Schalter gesprungen und hat den Laden ausgeräumt. Da konntest du in fünf Minuten wieder draußen sein und genug in deiner Sporttasche

haben, dass du die nächsten paar Monate versorgt warst.
Ich fand's super.
Es war 'ne angenehme, saubere Art, sein Geld zu verdienen. Na ja, sagen wir – meistens. Zugegeben, zweimal sind wir einem von den Helden begegnet, die sich mit einem anlegen. Man könnte fast meinen, es wäre ihr eigenes Geld, ehrlich. Also ich hab immer gefunden, man sollte so'n Ding glatt durchziehen können, rein und raus und niemand passiert was dabei. Aber wenn so 'n Hohlkopf da steht und mir den Rückweg versperrt und es wird ihn oder mich erwischen, da stell ich mich doch nicht hin und frag mal höflich an, ob er zur Seite geht, oder? Nee, verdammt, denen muss man schon zeigen, wo der Hammer hängt. Ein Schuss in die Decke, und wenn er dann immer noch da steht, ist er doch selber schuld, oder? Man ist ja schließlich Profi und muss zeigen, dass man's ernst meint.
Ich muss dafür wohl 'n Händchen gehabt haben, weil sie mich nur ein einziges Mal mitgenommen haben, und da konnten sie mir nicht die Bohne nachweisen. Ja, okay, ich hab dann schließlich meine drei Jährchen auf einer Backe abgesessen, aber das war für eine – man könnte es außerplanmäßige Aktionen nennen. Als ich gemerkt hab, dass Johnny the Hat was mit der Frau meines Bruders hatte, na ja, da musste ich's ihm ja schon zeigen, oder? Ich meine, Familie bleibt eben Familie. Auch wenn sie 'ne Schlampe und 'ne Schreckschraube ist, aber wenn einer meint, er kann sich an meiner Fami-

lie vergreifen, wird er schon merken, dass das nicht läuft. Man hätte ja gedacht, dass Johnny schlau genug ist, den Bullen nicht zu sagen, wer ihn ins Krankenhaus gebracht hat, aber manche Leute kommen eben dumm auf die Welt und ham nix dazugelernt. Vor dem Prozess haben sie ihn als Zeugen extra geschützt, aber das war natürlich vorbei, nachdem ich in 'nen Knast gekommen war. Und als ich meine drei Ehrenrunden rum hatte – meine Familie hatte mich die ganze Zeit über besucht –, da war ich ganz zufrieden, als ich hörte, dass Johnnys Familie inzwischen sein Grab besuchen ging. Wie gesagt, Familien müssen zusammenhalten.
Als ich rauskam, hatte sich vieles geändert. Die Banken und Sparkassen waren schlau geworden und hatten ihre Sicherheitsmaßnahmen verschärft, und die einzigen, die noch Banküberfälle versuchten, waren Amateure oder verdammte Idioten.
Zum Glück hatte ich im Knast Tommy getroffen. Ehrlich, es war als hätt's in den Sternen gestanden. Ich kannte mich prima mit Raubüberfällen und Einbrüchen aus, und Tommy wusste über Antiquitäten alles, was man überhaupt darüber wissen kann. Und ihm war klar, dass die meisten Museen und Herrenhäuser in England – von den europäischen Nachbarländern gar nicht zu reden – so miserable Alarmsysteme hatten, dass es einem richtig peinlich war.
Ich stellte unser Traumteam zusammen, und Tommy organisierte das Hehler- und Verkaufsnetz – es konnte losgehen. Wir räumten so viele Privatsammlungen aus, dass ich mit dem Zählen gar nicht mehr mitkam. Das

Verfahren war einfach. Wir verbrachten den Sommer mit Erkundungsreisen. Jeden Laden kundschafteten wir erst mal aus. Dann gingen wir drei Wochen später noch mal hin und baldowerten ihn wieder aus, denn es musste genug Zeit vergangen sein, damit die Überwachungsvideos von unserem vorherigen Besuch gelöscht waren. Wir guckten die Schwachpunkte aus und machten einen Plan. Dann warteten wir bis zum Winter, wenn die meisten geschlossen waren und in dieser Jahreszeit nur von einer Restmannschaft bewacht wurden.

Wir wählten immer einen kalten, nassen, ungemütlichen Abend, an dem es am besten auch ein bisschen windig war. Wenn wir Lärm machten, wurde der vom Wetter geschluckt. Dann gingen wir rein, schlugen mit schweren Vorschlaghämmern einfach eine nicht sonderlich stabile Tür oder ein Fenster ein, gingen direkt zu den Schränken, wo die Sachen drin waren, die wir uns schnappen wollten und die zu klauen sich lohnte.

An der Stelle 'n kleiner Tipp. Selbst wenn sie Schaukästen aus Sicherheitsglas haben, gibt es die Möglichkeit, dass die nur einen Holzrahmen haben. Da schlägt man mit 'nem Fäustel auf die Ecke, das ganze Ding fällt auseinander, und man ist drin.

Meistens waren wir vom Gebäude schon wieder meilenweit weg, bevor die Maschinerie vor Ort überhaupt anlief. Niemand wurde jemals verletzt, es gab nur den materiellen Schaden.

Das waren die besten Jahre meines Lebens. Besser als

Sex, dieser Moment, wenn man reingeht, die Sache erledigt und sofort wieder verschwindet. Die Hochstimmung ist auch besser als das, was man jemals von Drogen kriegt. Nicht, dass ich das aus persönlicher Erfahrung wüsste, ich hab nämlich nie Drogen genommen und werd's auch nie tun. Ich hasse Drogendealer mehr als die Bullen. Und von denen hab ich im Laufe der Jahre 'ne ganze Menge aus meinem Revier entfernt. Jetzt wissen sie, dass sie ihren Scheißdreck besser nicht auf meinen Straßen losschlagen sollten. Aber zwei Typen, mit denen ich zusammenarbeite, die nehmen gerne ihr H oder 'ne Mischung aus Koks und Heroin, wenn sie nicht bei der Arbeit sind, und schwören drauf, dass sie noch nie so high gewesen sind, wie wenn sie ihrem Geschäft nachgehen.

Wir haben tolle Dinger gedreht. Ein Museum in Frankreich, wo sie zwei Millionen für ihr hochmodernes Sicherheitssystem ausgegeben hatten. Auf dem großen Eröffnungsfest hatten sie die Klappe aufgerissen, ihr Museum wär einbruchsicher. Wir haben's am selben Abend noch gemacht. Am Haus auf der gegenüberliegenden Straßenseite haben wir Seile befestigt und uns rübergezogen, als wären wir von den Elitetruppen, und sind dann direkt durchs Oberlicht eingestiegen. Sie sagten, wir hätten Zeug mitgenommen, das eine halbe Million Pfund wert war. So viel haben wir natürlich nicht rausgekriegt. Ich glaub, ich hatte von dieser Nacht am Ende nach den Abzügen noch fünfzehntausend. Trotzdem, wer wagt, gewinnt, oder?

Wir haben immer nur Sachen genommen, für die wir

Abnehmer hatten. Jedenfalls meistens. Einmal hab ich mich in ein Rembrandt-Bild verguckt. Ich war einfach verrückt nach dem Bild. Es war ein Selbstportrait, und wenn man es anschaute, kannte man den Typ so gut, als wäre er einer von deinen Kumpeln. Es gehörte einem Grafen und hing neben den Schachteln mit Silbergeschirr, auf die wir es abgesehen hatten. An diesem Abend hab ich einfach spontan den Rembrandt mitgenommen.

Tommy ist fast durchgedreht. Er sagte, wir würden ihn nie loswerden, nie würden wir dafür einen Käufer finden. Ich sagte, das wäre mir scheißegal, er wäre sowieso nicht zu verkaufen. Er dachte, ich wär jetzt übergeschnappt, als ich sagte, ich würde ihn mit nach Haus nehmen.

Er hing sechs Monate im Schlafzimmer an der Wand. Aber es passte nicht. Eine Sozialwohnung in Wytenshawe ist einfach nicht das Richtige für 'nen Rembrandt. Also wickelte ich ihn eines Nachts in eine Plane und stellte ihn auf einem Feld neben dem Schuppen von dem Graf ab. Ich hab von einer Zelle aus den Lokalsender angerufen und ihnen gesagt, wo sie den Rembrandt finden könnten. Allerdings hab ich ihn sehr ungern wieder abgegeben, und wenn ich ein schöneres Haus gehabt hätte, hätte ich's nicht getan.

Aber so 'ne Geschichte kann man schlecht einem Personalchef erzählen, oder?

»Und warum möchten Sie sich beruflich verändern, Mr. Finnieston?«

Na ja, da steckt Kim dahinter.

Ich kenne Kimmy, seit wir damals zusammen in der Schule waren. Sie sah damals toll aus, und die Zeit hat ihr das nicht genommen. Ich war immer in sie verknallt, bin aber nie dazu gekommen, mit ihr auszugehen. Bis ich nach meinem ersten Jahr im Knast wieder im Umlauf war, hatte sie sich mit Danny McGann zusammengetan, und bevor ich den Mumm zusammenkratzen konnte, etwas zu unternehmen, bingo, hatten sie schon geheiratet.

Ich hab sie vor ungefähr einem Jahr wiedergetroffen. Sie war bei einem Damenabend draußen in Rothwell's mit einer ganzen Clique von schnatternden bekloppten Frauen, die sich benahmen, als wären sie Teenager. Ich brauchte sie nur anzusehen, da fühlte ich mich wieder wie'n junger Bengel. Ich ließ ihr 'ne Flasche Champagner bringen, und natürlich kam Kimmy rüber und bedankte sich. Sie hat immer gute Manieren gehabt.

Jedenfalls, es stellte sich heraus, dass sie und Danny kein glückliches Familienleben mehr führten. Er war oft beruflich weg und ließ sie mit den beiden Mädchen allein, was nicht gerade ein Zuckerschlecken war. Aber sie war erfolgreich. Sie hatte eine wirklich gute Stelle als Leiterin eines Reisebüros, 'ne Menge Verantwortung, und ihre Chefs behandelten sie mit Respekt. Wir fingen an, miteinander auszugehen, und ich fühlte mich, als hätt' ich im Lotto gewonnen.

Der einzige Haken war, dass sie mir nach ein paar Monaten sagte, sie könnte das mit dem Gaunerleben nicht akzeptieren. Sie hätte mir einen Vorschlag zu

machen. Wenn ich ein normales Leben anfangen würde, würde sie Danny in die Wüste schicken und zu mir ziehen.
Deshalb will ich eine Möglichkeit finden, mein Geld ehrlich zu verdienen. Aber stellen Sie sich mal vor, einen Haufen Spießer zu überreden, dass sie mir 'ne Arbeit geben sollen. »Vielen Dank, Mr. Finnieston, aber ich fürchte, Sie entsprechen nicht ganz unseren gegenwärtigen Anforderungen.«
Die einzige Möglichkeit, dass sie mir je einen Job geben, ist, wenn ich ihnen die Pistole auf die Brust setze, aber irgendwie glaube ich nicht, dass das in der normalen Welt funktioniert. Man kann nicht zu den Personalbüros gehen und sagen: »Ich weiß, wo Sie wohnen. Also her mit dem Job, sonst komm ich mit meinem Labrador vorbei.«
An dem Punkt bin ich also, als ich meine Freundin Chrissie zu 'nem Drink treffe. Man würde es nicht glauben, wenn man sie so sieht, aber Chrissie schreibt eisenharte Krimis fürs Fernsehen. Sie sieht eher aus wie so eine von diesen weichherzigen Sozialarbeiterinnen, mit ihren Müslipullovern und ihren Jeans. Aber Chrissie ist voll in Ordnung, sie und auch ihre Freundin. Die Freundin ist Anwältin, aber trotzdem ist sie in Ordnung. Wahrscheinlich, weil sie keine Strafsachen macht, bloß Scheidungen und Sorgerecht und so 'n Kram.
Ich trinke also 'n Glas Bier mit Chrissie in einer dieser schicken Bars in Chorlton, Holzfußboden, harte Stühle und fünfzig verschiedene Sorten Bier, von denen du

noch nie was gehört hast, außer von Guinness. Und ich erzähle ihr mein kleines Problem. Als wir das zweite Glas halb getrunken haben, bekommt sie so 'n Blick in den Augen, einen träumerischen Blick, an dem ich merke, dass irgendwas, was ich gesagt hab, die Rädchen in ihrem Kopf in Gang gesetzt hat. Normalerweise sehe ich die Wirkung erst sechs Wochen später im Fernsehen. Ich find das toll, mich mit Kimmy hinzusetzen und zu sagen: »Siehst du? Ich hab Chrissie von dem Dreh erzählt. Sie hat's natürlich 'n bisschen entschärft, aber es ist meine Geschichte.«

»Ich hab 'ne Idee«, sagt Chrissie.

»Was? Du schreibst 'ne Serie über 'nen armen Kerl, der ins anständige Leben einsteigen will?«, sag ich.

»Nee, 'nen Job. Oder, jedenfalls so 'ne Art Job.« Sie kippt den Rest von ihrem Bier runter und nimmt ihren Mantel. »Überlass das mal mir. Ich meld mich bei dir. Mach's gut.«

Und weg ist sie und lässt mich da bei den ganzen Gutmenschen sitzen wie der letzte, von den Apachen eingekreiste Planwagen.

Eine Woche geht vorbei, in der ich versuche, so überzeugend zu wirken, dass ich einen kleinen Stand betreiben darf, an dem ich tageweise Waren verkaufen könnte. Aber alle, die ich frage, glauben, dass ich irgend 'ne krumme Tour vorhab. Sie können nicht glauben, dass ich es auf die ehrliche Manier machen will, und deshalb werden mir bloß fünfzig verschiedene Arten von illegalem Schrott angeboten. Als ich endlich den Anruf von Chrissie kriege, bin ich kaputt wie 'n alter Gaul.

Diesmal treffen wir uns bei ihr zu Hause. Ich, Chrissie und ihre Freundin. Sarah, die Anwältin. Wir machen es uns mit unseren Flaschen belgischer Limo gemütlich, und Sarah legt los. »Wie würde es dir gefallen, als freier Mitarbeiter für eine Gruppe von Anwälten zu arbeiten?«, fragt sie.

Ich kann nichts dafür. Ich muss einfach lachen. »Was soll ich?«, sag ich.

»Hör mir erst mal zu. Ich habe oft mit Frauen zu tun, die von den Männern, mit denen sie zusammen sind, schlecht behandelt werden. Manche sind geschlagen, andere mit Psychoterror fertiggemacht worden, und manche werden von ihren Ex-Ehemännern schikaniert. Es gibt Frauen, die nur eine faire Lösung für sich und die Kinder wollen, aber der Typ weiß, wie er das System für sich nutzen kann, und am Ende kriegen sie nichts, während er sich auf dem Weg zur Bank kaputtlacht. Bei den meisten dieser Fälle können oder wollen die Gerichte die Sache nicht lösen. Ich hatte sogar einen Fall, wo zwei Polizisten, die zu einem häuslichen Streit gerufen wurden, vor Gericht gegen die Frau aussagten und behaupteten, die Frau sei völlig außer Kontrolle und uneinsichtig gewesen und der Mann hätte nur auf vernünftige Weise Gewalt angewendet, um sich zu schützen.«

»Scheißkerle«, sag ich. »Aber was hat das mit mir zu tun?«

»Leute in meinem Beruf sind manchmal sehr frustriert«, sagt Sarah. »Ein paar Kollegen von mir und ich, wir treffen uns ab und zu auf einen Drink und reden schon längere Zeit darüber. Wir glauben nicht mehr daran, dass das Gesetz alle Antworten liefern kann. Die meisten dieser Kerle sind Tyrannen und Feiglinge. Ihre Frauen würden sich einen Dreck um sie scheren, wenn jemand sie beschützen würde. Was wir also vorschlagen, ist, dass wir dich bezahlen, um diesen Dreckskerlen zu zeigen, was 'ne Harke ist.«

Ich kann kaum glauben, was ich da höre. 'ne Anwältin bietet mir Knete an, damit ich gegen die Schufte mobil mache, denen ich gern aus Gefälligkeit einheizen würde? Irgendwas stimmt da nicht. »Du willst doch nicht etwa behaupten, dass die Prozesskostenhilfe dafür bezahlen würde?«, sage ich.

Sarah grinst. »Beruhige dich, Terry. Ich spreche hier von einer ganz inoffiziellen Vereinbarung. Ich dachte, du könntest zu diesen Typen gehen und ihnen erklären, wieso sie die Sache falsch sehen. Du könntest sie mit deinem Baseballschläger bekannt machen. Sag ihnen, wenn sie sich nicht benehmen, wirst du ihnen noch einen – weniger freundlichen – Besuch abstatten. Sag ihnen, dass sie eine Rechnung für Prozesskosten bekommen werden, die im Zusammenhang mit ihrer Partnerin angefallen sind, und wenn sie nicht ruckzuck das Geld rüberwachsen lassen, wirst du wiederkommen und es abholen. Ich bin sicher, sie werden sehr positiv auf deine Vorschläge reagieren.«

»Ihr wollt, dass ich hingehe und ihnen 'ne Lehre erteile?« Ich bin immer noch sicher, dass es hier um einen Witz geht.

»So ungefähr.«

»Und ihr werdet mich dafür bezahlen?«

»Wir hatten an eine Grundgebühr von 250 Pfund pro Auftrag gedacht. Dazu ein Bonus in Fällen, in denen die Scheidungsvereinbarung aus einer angemessenen, beträchtlichen Summe besteht. So ähnlich wie das Erfolgshonorar eines Rechtsanwalts. Wenn man nicht gewinnt, gibt's auch kein Honorar.«

Die Idee will mir nicht ganz in den Kopf. »Wie würde es also funktionieren? Ihr ruft mich an und gebt mir Bescheid, worum ich mich kümmern soll?«

Sarah schüttelt den Kopf. »Es würde alles über Chrissie laufen. Sie gibt dir die Einzelheiten, dann rechnet sie mit den Kanzleien diverse Dienstleistungen ab und gibt das Honorar an dich weiter. Nach diesem Treffen werden wir uns nie wieder persönlich sprechen. Und du wirst nie Kontakt mit den Anwälten haben, für die du tätig wirst. Chrissie ist der Kontakt für beide Seiten.«

»Was meinst du, Tel?«, fragt Chrissie, eifrig wie eine Jungfrau bei einem romantischen Abenteuer auf dem Rücksitz.

»Du könntest Kimmy sagen, dass du Vorladungen zustellst«, wirft Sarah ein.

Damit war die Sache klar. Ich sage also zu.

Das war vor sechs Monaten. Jetzt werde ich in Chrissies Büchern als Recherche-Assistent geführt. Ich zahle Steuern und Krankenversicherung, was für die Sozialversicherungsleute, denen es nicht in den Kopf gehen will, dass ich jetzt ein korrekter Bürger bin, eine unfassbare Überraschung ist. Ich erledige zwei oder drei Aufträge pro Woche, und alles ist paletti. Sarah kümmert

sich um Kimmys Scheidung, und wir werden heiraten, sobald alles geklärt ist.
Ich kann Ihnen sagen, das ist ein Leben! Ich tue das Richtige und werde dafür bezahlt. Wenn ich gewusst hätte, dass es so ’n Spaß ist, anständig zu werden, dann hätt ich es schon vor ’n paar Jahren getan.

Verzeichnis der englischen Originaltitel

Wen es trifft ... : *A Wife in a Million*, 1989

Weihnachten nach alter Väter Sitte: *A Traditional Christmas*, 1994

Ein atemberaubender Missgriff: *Breathtaking Ignorance*, 1996

Abgekupfert: *Guilt Trip*, 1995

Auftrag ausgeführt: *Driving a Hard Bargain*, 1996

Die Schrift an der Wand: *The Writing on the Wall*, 1994

Die Verwandlung: *Metamorphosis*, 2002

Eine kollegiale Affäre: *When Larry Met Allie*, 2000

Wer den Wagen ins Rollen bringt: *The Wagon Mound*, 2001

Das Mädchen, das den Weihnachtsmann umbrachte: *The Girl Who Killed Santa Claus*, 2000

Auf dem Pfad der Tugend: *Keeping on the Right Side of the Law*, 1999

Val McDermid

Ein Ort für die Ewigkeit

Roman

Düster der Ort und verschlossen die Menschen von Scardale, einem 30-Seelen-Dorf, wo an einem frostigen Dezembertag ein Mädchen verschwindet. Es gibt einen Mörder, aber keine Leiche, es gibt Gerechtigkeit, aber keine Wahrheit.

In brillanten Spannungsbögen zeichnet Val McDermid nicht nur das Psychogramm eines leidenschaftlichen Kommissars, sondern eines ganzen Dorfes, das, so scheint es, den Mantel des Schweigens über ein entsetzliches Verbrechen gebreitet hat.

»Ein atmosphärisch ungemein dichter Roman über die Macht des Schweigens und die Ohnmacht eines Kommissars – mit literarischen Qualitäten.«
Brigitte

»Dieses Buch nimmt uns den Atem.«
Süddeutsche Zeitung

Knaur

Val McDermid

Das Lied der Sirenen

»Val McDermids Fähigkeit, in die gestörte Psyche eines Kriminellen einzudringen, ist furchterregend!«
The Times

Als die Polizei männliche Leichen findet, die vor ihrer Ermordung grausam gefoltert wurden, wird das Leben des Psychologen Tony Hill gefährlich aufregend – denn bei seinen Bemühungen, dem Mörder auf die Spur zu kommen, wird eines immer deutlicher: Er könnte sehr gut das nächste Opfer sein!

» ... der *roaring Ferrari* unter den englischen Krimiautoren.«
Die Welt

Knaur